負けヒロインが多すぎる！

vol 3

雨森たきび
ILLUST. いみぎむる

焼塩檸檬
やきしお・れもん

姫宮華恋
ひめみや・かれん
八奈見杏菜
やなみ・あんな
ツワブキ祭、開幕

放虎原ひばり
ほうこばる・ひばり

馬剃天愛星
ばそり・てぃあら
志喜屋夢子
しきや・ゆめこ
生徒会役員ども

「事情を知らないやつから見たら、
これってまるで
学園祭デート――」
小鞠知花
こまり・ちか

温水和彦
ぬくみず・かずひこ

CONTENTS

Too Many LOSING Heroines

Too Many
LOSIN
Heroines!
AMAMORI TAKIBI
presents
Illustration by
IMIGIMURU
雨森たきび
ILLUST. いみぎむる
負けヒロインが多すぎる！
vol 3

登場人物紹介

CHARACTERS

温水和彦《ぬくみず・かずひこ》
高校1年生。
達観ぼっちな少年。

八奈見杏菜《やなみ・あんな》
高校1年生。
明るい食いしん坊女子。

小鞠知花《こまり・ちか》
高校1年生。
文芸部。
わりと腐ってる。

焼塩檸檬《やきしお・れもん》
高校1年生。
陸上部エースの
元気女子。

温水佳樹《ぬくみず・かじゅ》
中学2年生。
全てをこなす
パーフェクト妹。

月之木古都《つきのき・こと》
高校3年生。
文芸部の副部長。

志喜屋夢子《しきや・ゆめこ》
高校2年生。
生徒会役員。
歩く屍系ギャル。

玉木慎太郎《たまき・しんたろう》
高校3年生。
文芸部の部長。

綾野光希《あやの・みつき》
高校1年生。
本を愛する
インテリ男子。

朝雲千早《あさぐも・ちはや》
高校1年生。
綾野のカノジョ。

姫宮華恋《ひめみや・かれん》
高校1年生。
圧倒的な
正ヒロインの風格。

馬剃天愛星《ばそり・てぃあら》
高校1年生。
生徒会副会長。

放虎原ひばり《ほうこばる・ひばり》
高校2年生。
生徒会長。

甘夏古奈美《あまなつ・こなみ》
1−Cの担任。
ちっちゃ可愛い
世界史教師。

小抜小夜《こぬき・さよ》
養護教諭。
無駄に色っぽい。

１０月半ばの放課後。俺は中庭食堂の入口で、その時を待っていた。

養生テープをはがす工事業者の背中を眺めながら、一枚の紙を取り出す。

――ツワブキ高校『ほのかの便り』秋号。新聞部の作る校内新聞だ。

俺が注目しているのは部活の試合結果や文化祭の記事ではない。新聞の片隅、事務室からの連絡事項だ。

『学食の手洗い場は改修のため、１０月１４日午後まで使用不可』

……そう。食堂入口の水道が、老朽化のため全面改修。本日、その工事が終わるのだ。

すべての作業を終えた業者が立ち去ると、俺はブレザーのポケットに校内新聞を突っ込む。

「さて、新しい水道のお手並み拝見といくか」

足を踏み出そうとした瞬間、背後から駆け寄る音が近付いてきた。このおぼつかない軽い足音には覚えがある。

振り向くと、そこにいたのは――小鞠知花《こまりちか》。

同じ文芸部の1年生で、校内の水道事情の詳しさには俺も一目置いている。

小鞠は膝に手をつき、ゼイゼイと息を切らせて俺を見上げた。

「ぬ、温水《ぬくみず》。ここに、いたのか」

「ああ、お前もかぎつけたか」

小鞠が駆けつけたのも無理はない。

学校のような大規模な建物では、屋上のタンクから水を供給するのが一般的だ。しかし今回の改修では直結給水方式と呼ばれる工法が採用されて、水道管から直接水を引く方式に変わったのだ。

ツワブキ高校の水道水。その実力を確かめる機会を小鞠《こまり》が逃すはずがない。

「蛇口は一つじゃないしな。よし、一緒に飲もう」

「す、水道はいいから。こっち、こい」

小鞠は俺のブレザーをつかむと、校舎に向かって歩き出す。

「え、ちょっと待って。お前も水飲みにきたんじゃないのか?」

「わ、私は、休み時間に、コッソリ飲んだから」

なにそれズルい。

「は、早く、部室行くぞ」

「分かったから服引っ張るなって」

ああもう、抵抗すると上着がシワになりそうだ。

俺は溜息をつくと、されるがまま小鞠に引かれていった――。

～１敗目～　志喜屋夢子はお世話します

西校舎のはずれ、文芸部の部室前。

ドアノブをつかんだ俺の脳裏を、嫌な予感がよぎる。

「……なあ小鞠。一体部室に何が」

言いかけた俺の背中を小鞠が押す。

「い、いいから早く、ド、ドア開けろ」

「分かったから押すなって」

これ以上言い争っても無駄だ。あきらめて部室の扉を開けると、何故だか妙に薄暗い。

暗闇に目が慣れてくると、椅子に座る長い髪のシルエットに気付いた。

「……誰？　ひょっとして八奈見《やなみ》さん？」

「君は……文芸部の少年……」

「っ?!」

ゆらりと立ち上がったのは、なぜかナース服に身を包んだ女子——生徒会の歩く屍《しかばね》系ガール、志喜屋《しきや》さんだ。

俺は反射的に部室を飛び出すと、後ろ手に扉を閉める。

……なぜあの人が部室にいるんだ？　しかも、なんなんだあの格好。

背中で扉を押さえて深呼吸をしていると、ドンドンと扉を叩く音がする。

まずい、ゾンビナースこと志喜屋《しきや》先輩が出てこようとしている。ガチャガチャとドアノブを回す音。

「あ、開けろ！　わ、私まだ部屋の中、だ！」

……小鞠《こまり》のこと忘れてた。

扉から身体《からだ》を離すと、中から小鞠が転がり出てくる。

「お、お前！　わ、私を置いて、に、逃げた?!」

「違うって。単に忘れてただけだ」

そう、見捨てたのと忘れてたのでは雲泥の差なのだ。つまり俺は悪くない。

詰め寄ってくる小鞠をなだめていると、背筋にゾクリと寒気が走り、俺たちの首に細い腕がぐるりと回った。

志喜屋さんが両腕に俺と小鞠を捉えたのだ。白いカラコンが眼前に迫る。

「二人とも……なんで逃げるの……？」

「え、だって」

なんか怖いし。

ガタガタと震える小鞠が俺のネクタイを両手でつかむ。

「小鞠、ネクタイ引っ張るなって。それと先輩、手が冷たいんで一度離して――あの、どうしました？」

「力……尽きた……」

志喜屋さんは俺たちの首をつかんだまま、ズルズルとその場に崩れ落ちていく。

「ちょっ?!　小鞠、先輩を支えて！　早く！」

「や、やだ……温水《ぬくみず》、も、持て」

え、持つの？　女子の身体を？　俺が？

志喜屋さんの身体は今にも床に付きそうだ。

迷う暇はない。俺は覚悟を決めて、志喜屋先輩の冷たい身体に腕を回した。

◇

「はい、ちゃんと真っすぐ座ってくださいね。今お茶を淹《い》れますんで」

ようやく志喜屋さんを椅子に座らせることに成功した。

お茶の用意をしながら、志喜屋さんを抱えた手の感触を思い出す。

……なんか柔らかかったな。

どことなく魚の切り身的なグンニャリ感はあったが、あれが大人の女性の身体というやつか。やっぱ佳樹《かじゅ》とは違うな……。

そんな考えを振り払いながら目をやると、小鞠《こまり》が部室の隅で青い顔をしてスマホをついている。いつも通りの光景だ。

俺は安心すると、湯気の立つ湯呑《ゆの》みを机に並べた。

「先輩、今日は何のご用ですか」

言いながら志喜屋《しきや》さんの向かいに座る。

……冷静を装ってはいるが、改めて気になるのは彼女の服装だ。ミニスカートのナース服で、やたらと胸元が開いている。

努めて見ないようにしていると、志喜屋さんは胸元から一枚の紙を取り出した。

「ツワブキ祭……教室……貸出……申請書……」

――ツワブキ祭。いわゆる学園祭である。例年は文化祭と体育大会を連続して行うが、今年はスケジュールの都合で文化祭だけを今月末に行う。

文芸部も1年生が中心に展示をする予定だが、なかなかテーマが決まらない。

本番まで半月と迫った今日でも、部誌を作るのと『部活動に関する展示をする』ことしか決まっていなくて、この申請書も小鞠が何度も書き直して、締め切り直前に出したやつだ。

「それ、なにか間違ってましたか?」

「展示の詳細と……配置図……足りない……」

と、志喜屋さんが不意にグリンと小鞠に顔を向ける。小鞠がビクリと震える。

「書き方……教えようとしたら……そこの少女……逃げ出した」

逃げたくなる気持ちは分かる。

「希望者多い……ちゃんとしないと……落選」

「それでわざわざ来てくれたんですか？　えーと、詳細と配置図でしたっけ」

俺は申請書を手に取ろうとして動きを止める。そういえばこの紙、志喜屋さんの胸元に入ってたよな。素手で触っていいのか……？

「小鞠が受け取ってくれ。ほら、こっち来て」

「うぇ？　あ、あの」

小鞠が小さな身体《からだ》をさらに縮こませた。俺は笑顔で手招きする。

「大丈夫。志喜屋先輩、イイヒト。噛《か》んだりしない」

「こ、怖く、ない？」

「うん、優しい。具体的には、つい子猫を拾っちゃうくらい優しい」

「こ、子猫？」

小鞠がゆっくりと近づいてくる。よし、いい感じだ。

その時、志喜屋さんがポツリと呟《つぶや》いた。

「私……犬派……」

再び小鞠《こまり》が部屋の隅に引きこもる。

……フリダシに戻ったぞ。俺は次の手を考えながら、天井を仰いだ。

◇

申請書の書き方講座が始まった。

志喜屋《しきや》さんは申請書に赤鉛筆で修正点を書きこんでいく。

小鞠は立ったまま、俺の肩越しにそれをのぞき込む。

「じゃ、じゃあ、図の中に番号、入れて。動線も、か、書く？」

「そう……審査……書き方……大事」

俺の右肩に両手を置き、グッと身を乗り出す小鞠。

「ぬ、温水《ぬくみず》。う、動くな。よく、見えない」

「なら体重かけるなって。重くはないけど少し重い」

俺に悪態をつきつつも、素直に志喜屋先輩の説明を聞く小鞠の姿に、俺は正直目頭が熱くなる。

ここまでくるには大変な苦労があった。怯《おび》える小鞠を、飴玉《あめだま》やスマホの動画で釣ること20分。ようやく部室の片隅から誘い出したのだ。

ひィィ

「そ、その他には、ど、どこを直せば」

「説明文……空白多い……印象が悪い……全部……埋める」

最後に空きスペースに墓場のイラストを描きこむと、志喜屋《しきや》さんは赤鉛筆を胸元にしまう。

「これで……大丈夫……週明け……昼までに……出して」

志喜屋さんはいつもの無表情のまま、すっかり冷めたお茶をすする。小鞠《こまり》は添削済の申請書を手に取り、睨《にら》みつけるように凝視している。

俺はお茶を飲みながら、注意深く志喜屋さんの様子をうかがった。

「どうして文芸部にここまでしてくれるんですか。俺はてっきり生徒会は……」

――文芸部を潰そうとしていると思っていた。

みなまで言わずに黙っていると、志喜屋さんは質問の意図が分からないとばかりに首を傾《かし》げる。

「だって、月之木《つきのき》先輩……君たち……可愛《かわい》がってる……から？」

月之木古都《こと》。文芸部副部長の３年生だ。

そういや月之木先輩、生徒会にいたんだよな。二人は知り合いみたいだけど、どんな仲なのだろう……？

俺は小さく首を横に振る。興味本位で詮索するのは良くない。良くないが――。

「で、その格好はどうしたんですか？」

ナース服はスルーしきれなかった。

「ツワブキ祭……衣装合わせ……親しまれる生徒会……目指す……」

そう言って、ゆらりと立ち上がる。動く志喜屋さんはまだ怖いのだろう。小鞠が俺の背中に身を隠す。

志喜屋さんが部室を出ていくと、小鞠は安心したように椅子に座った。

「じゃ、じゃあ、私、家で書き直してくる。こ、今回のツワブキ祭、頑張らないと――っ?!」

言いかけた小鞠の表情が凍る。

その視線を追った先、わずかに開いた扉から志喜屋さんの白い瞳がのぞいている。

「うわ、なんですか先輩」

「忘れてた……顧問の先生いないと……参加できない……」

顧問？　聞き返す間もなく扉が閉まる。今度こそ帰ったらしい。

「えーと……。小鞠、この部って顧問の先生いないのか？　おい、小鞠」

……扉を見つめたまま固まる小鞠の再解凍には、さらに１０分の時間を要した。

◇

志喜屋さん襲来からほどなく。

俺は呼び出された中庭のベンチで、ぼんやりと夕方の空を眺めていた。

今年のツワブキ祭は10月31日。ハロウィン当日だ。

そのため、多くのクラスがハロウィンを意識した企画を予定している。

志喜屋《しきや》さんによれば、それに絡めて生徒会も仮装をするようだ。

……吹き付けた一陣の風に俺は身を震わせる。

10月も半ばになると夕方は結構冷える。気がつけば夏はすっかり秋に取って代わられていて、足早に空を覆う夕暮れにどことなく心細さを感じる。

と、たそがれる俺の前に缶コーヒーが差し出された。

「温水《ぬくみず》、いつも微糖だったよな。ホットで良かったか」

「あ、はい。ありがとうございます」

隣に腰かけてきたのは文芸部の部長、3年生の玉木慎太郎《たまきしんたろう》だ。

受け取った缶コーヒーは少し熱すぎて、俺はそっと両手の間を行き来させた。

「急に呼び出して悪かった。なんか用事があったんだろ」

「いえ、用事はもう終わりました。生徒会の志喜屋先輩が部室に来てて」

「あー、あの子か。部室に行かなくて正解だったな……」

部長は意味ありげに独りごちると、ブラックコーヒーの蓋を開けた。

珍しく浮かない顔をする部長の様子に、俺は興味を覚える。

「志喜屋先輩と過去に何かあったんですか？」

「まあちょっとな。それより悪い、ツワブキ祭の準備を任せちゃって」

「そっちは大丈夫ですよ。どちらかといえば、小鞠《こまり》の方が張り切ってるし」

そう。今回のツワブキ祭、小鞠は文芸部の展示にやたらと張り切っているのだ。

にもかかわらず、どうしてもテーマが決まらず、特にこの数日はやたら思いつめたようにブツブツ言っているのが微妙に怖い。

「確かに小鞠ちゃん頑張ってるよな。……それで話っていうのは、だ」

部長は間を取るように缶コーヒーを一口飲む。

「うちの学校の部活動、１０月いっぱいで3年生が引退するのは知ってるよな」

「ええまあ、それとなく」

確かにそんな話は聞いている。ツワブキ高校は進学校だし、受験勉強のために引退するなら、これでも遅い方だろう。

「文芸部はそこまで厳密じゃないけど、ケジメは大切だろ。俺も古都《こと》も受験だし、ツワブキ祭を最後に一線を退こうと思って」

１年生が中心になってツワブキ祭の準備をする――二学期の初め、部長からそう伝えられた時点で覚悟はしていた。

俺が入学してからまだ半年。だけど3年生にとって高校生活は残り少ない。

部長は真剣な口調で話を続ける。

「当然部長も交代になる。それで頼みがあって来てもらったんだ」

……なるほど、話とはそういうことか。俺は背筋を伸ばす。

部長なんて俺の柄じゃない。ないが、どうしてもというのなら――。

「次の部長は――小鞠《こまり》ちゃんにお願いしようと思ってるんだ」

「え」

思わず腰を浮かせかけた俺を、不思議そうに見る部長。

「どうした?」

「あ、いえ、いいと思います」

ある意味順当だ。小鞠は1年生の中では一番の古株だし、部に対する思い入れも強い。問題があるとすれば、小鞠だということぐらいだ。

「それで温水《ぬくみず》には、副部長として小鞠ちゃんを支えて欲しいんだ。頼まれてくれるか」

「俺は構いませんけど。女子同士だし八奈見《やなみ》さんとかの方が向いてませんか」

部長は難しそうな顔をする。

「それも考えたけど。あの子、彼氏とかできたら幽霊部員にならないか?」

「……なりますね、間違いなく」

その点、俺や小鞠なら大丈夫だ。なんという安心感。

「俺たちが卒業した後の小鞠ちゃんが心配なんだ。部長になって、今のうちに少しでも自信をつけてもらえたらなって」

なるほど。小鞠を部長にして周りがフォローをする。ツワブキ祭から始めて、3年生の卒業までに小鞠に経験を積んでもらおうというところか。

「次期部長のこと、小鞠には言ったんですか？」

「ああ、彼女には先週お願いをした。昨日の晩、引き受けてくれるって返事があったけど……」

部長の不安を隠しきれない表情に、俺は思わず笑みを浮かべる。

「小鞠のこと、ずいぶん心配してるんですね」

「そう！　心配なのっ！」

「っ?!」

ベンチに座る俺たちの頭上から、女子の声が降ってきた。

突然現れた月之木《つきのき》先輩が、後ろから俺の肩を力いっぱい揺さぶってくる。

「うわ、いきなりなんなんですか」

「だって小鞠ちゃんを一人残して卒業するなんて心配で心配で！　いっそのこと、もう一年学校にいようかな」

「……古都《こと》、お前それ冗談にならないからな？」

部長、ガチトーンだ。この人、相変わらず苦労人だな。

月之木《つきのき》先輩はそれを聞き流しつつ、俺を挟むように部長の反対側に座ってくる。

「小鞠《こまり》ちゃんに部長を任せるのは私も賛成なの。ただ今のあの子じゃやっぱり不安だし、ツワブキ祭を通じて少し自信を持ってくれたらって」

小鞠に自信を。1年生が中心に準備をするのは、そのためだったのか。

文芸部員以外とはまともに話せない小鞠を心配するのは良く分かる。

「温水《ぬくみず》君。今年のツワブキ祭、私たちは裏方に回るから、小鞠ちゃんのことよろしく頼むわ。優しくしてあげてね」

「はあ、できる範囲内で」

「あの子、アイスよりプリンが好きよ。コーヒー飲めないから気を付けて。長ネギの緑のとこ、ちょっと苦手だから細かく刻んであげてね?」

「長ネギ……豚汁を作るときには気を付けます」

作る機会があるかは知らんが。

月之木先輩は両手の指を組み、うっすらと涙を浮かべながら空を見上げる。

「……慎太郎《しんたろう》。やっぱり私、部活の引退やめようかしら。受験勉強との両立も、頑張ればできるんじゃない?」

「両立以前に受験勉強がほとんど進んでないだろ……」

まずい、これ以上は部長の胃に穴が開く。俺は強引に話を変える。

「とりあえず、ツワブキ祭を無事に終わらせることですね」

「ああ、ツワブキ祭が終わった翌週、新体制で初めての部長会があるんだ。上半期の活動報告もあるし、お前も手伝ってやってくれないか」

「分かりました。俺ができることなら」

部長会。月に一度、全ての部活の代表が集まって会議をする。

２年生に混じって出席する小鞠の姿を想像すると、それだけで不安すぎる。

「それじゃ頼んだぜ。もちろん、何かあったらすぐに連絡してくれ」

「あ、ちょっと待って下さい」

立ち上がろうとする部長を呼び止める。

「文芸部って顧問がいないんですよね。それだと文化祭に参加できないって聞いたんですけど」

「顧問の件か。昔ちょっと、色々あってさ」

ええ……志喜屋《しきや》さんだけじゃなく顧問の先生もなにかあったのか。

月之木先輩が、部長と視線を交わしてから口を開く。

「昔のことは置いといて。この先、ずっとお世話になるのは1年生だから、仲のいい先生とかに顧問を頼んでみたらどう？」

――仲のいい先生。

担任にすら顔を覚えられていない俺に、そんなものいないぞ。

とはいえ、全く面識のない先生が顧問になるのもやりにくいな……。

「ですね。ちょっと考えておきます」

俺はそう答えて、冷え始めた缶コーヒーをあおる。

とりあえず、棚上げにしようと決めたのだ。

◇

その日の晩、俺は自室の勉強机に向かっていた。

二学期に入って、ツワブキ高の先生たちも本気を出してきたらしい。宿題の量がどんどん増えてきている。

数Ⅰの課題を終えて英語の問題集を解きながら、部長たちとの話を思い出す。

小鞠《こまり》が次期部長。あいつにとって文芸部が大切な場所なのは間違いない。小鞠が頑張るというのなら、俺もできることはしないと——。

俺の物思いを破るように、本を読んでいた妹の佳樹《かじゅ》が身体《からだ》をのけぞるようにして顔を見上げてきた。俺の膝の上から。

「そういえばお兄様、最近どうですか?」

「最近?」

妹がなぜ俺の膝に乗っているのか、なぜそこで本を読んでいるのか俺にも分からない。

多分、佳樹にも分かっていない。

「そうだな、食堂の手洗い場が改修されて、水道の配管が変わったんだけど」

「……水道、ですか」

佳樹が微妙な表情をする。

「ああ。それで味がどう変わったのか、確かめたんだ」

「どうでしたか」

「水道水、だったな」

佳樹の反応がかんばしくないことに気付いた俺は、説明を付け加える。

「とはいえ収穫がなかったわけじゃない。ツワブキ高の上水道は我が家と水源が違うんだ。味の違いは降水量にも左右される。これから細かな味の違いが分かってくるぞ」

「なるほど、素敵ですね。それで話は変わりますが」

佳樹は横座りの体勢から、真剣な顔で俺を見上げてくる。

「夏休みにうちにいらっしゃった八奈見《やなみ》さん。最近はどうされてます？」

——八奈見杏菜《あんな》。幼馴染《おさななじみ》の袴田草介《はかまだそうすけ》に振られて、なし崩し的に文芸部に入った友人だ。

振られたとはいえ、教室では明るく友達とはしゃいでいるし、近頃は袴田や勝ちヒロインの姫宮華恋《ひめみやかれん》ともよく話している。

「どうって……彼氏作れと言ってるんだけど、そんな気配はないな。文芸部にはちょくちょく顔出してるし、今まで通りだぞ」

八奈見《やなみ》が文芸部に来るのは週に1、2度くらいのペース。大抵は愚痴・お菓子・宿題の3点セットで時間を潰しているだけだが。

「彼氏作れなんて言ってるんですか……？　お兄様、それはいけません」

佳樹《かじゅ》はじれったそうな表情を隠さずに、俺の耳たぶをつまんでくる。

「お兄様、佳樹は八奈見さんとの進捗を気にしているんです。佳樹の見立てでは、そろそろ八奈見さんはお兄様の魅力にどうかしちゃう頃なんです」

八奈見がどうかしてるのに異論はないが。

「何度も言うけど、八奈見さんと俺はそんなんじゃないからな。さあ、そろそろ俺の膝から降りようか」

「どうしてですか？」

心底不思議そうな顔をする佳樹。

「だって俺の膝の上じゃ読みにくいだろ」

「いいえ、かえって落ち着きます。お兄様、immoralの単語のつづりが間違ってますよ」

あれ、そうだっけ。

単語を書き直していると、佳樹が俺のスマホを手渡してくる。

「それとお兄様、さきほど八奈見さんからＬＩＮＥが届いてました。お昼のお誘いのようです」

「お誘い？」

通知画面には何も出ていないぞ。アプリを起動すると、八奈見とのトーク履歴に覚えのないメッセージが。


Yana-Chan『明日の昼休み非常階段ね』

……俺は深い溜息をつくと、スマホを裏返す。

八奈見からの呼び出しは今学期３回目だ。

もちろんこれは男女の秘めやかな密会などではない。八奈見が愚痴を吐き出したい時に招集がかかるのだ。

面倒くさいし、なにか断るいい口実があれば――。

「ん？　なんで今の既読になってたんだろ」

「だって、佳樹が最初に見ましたから」

なるほど、佳樹が先に見てたのなら既読になるのも当然だ。

「……佳樹、なんで俺のスマホを勝手に見てるんだ？」

「だってお兄様、八奈見さんにいつもツレないんですもの。佳樹が妹として、ちゃんと進捗を管理しないと」

進捗を管理……？　嫌な予感がしてもう一度スマホを見ると、既に八奈見《やなみ》に返信が。

温水《ぬくみず》『喜んで。楽しみにしてるよ』

俺は思わず頭を抱える。

いや、明日の憂鬱《ゆううつ》な昼食の心配より、まずは兄として佳樹《かじゅ》に一言申さないと。

「佳樹、聞きなさい。人のスマホを勝手にいじっちゃいけません」

「でもでも、八奈見さんとお兄様の仲が――」

「でもじゃない。佳樹だって俺に勝手にスマホを見られたら嫌だろ？」

「佳樹なら構いませんよ？　いいえ、むしろ見てください。パスワードはお兄様の誕生日ですし、クラウドストレージもお兄様と共有済なので使い勝手も抜群です」

え、待って、佳樹のやつなにやってんの？　俺とストレージが共有ってことは……。

「ちょっと佳樹、どこまで見た？　『授業の資料』ってフォルダは触ってないだろうな？」

額から冷たい汗が流れ出す。

佳樹は俺の汗をハンカチで拭いながら、満面の笑みで見上げてきた。

「これで進捗、ありそうですね」

◇

翌日の昼休み。俺は一足先に非常階段に座っていた。

秋の風に吹かれながら弁当箱の蓋を開ける。いつも昼食はパンだが、今日は佳樹にどうしてもと弁当を持たされたのだ。

中身は3色おにぎりを中心に、うずら卵のスコッチエッグ、レンコンと枝豆のきんぴら、ブロッコリーとコーンのカラシあえ。

そしてデザートに保冷剤代わりの手作りゼリー。凍ったまま入れておくと、昼休みにはちょうど食べごろになるのだ。

さて、どれから手を付けようか。迷っていると頭上から聞き慣れた声が聞こえてくる。

「うわ、綺麗《きれい》なお弁当。これ、温水君が作ったの？」

階段を下りてきた八奈見は、一つ上の段に腰かける。

「妹に持たされたんだ。俺、そんなに料理は上手じゃないしな」

「妹ちゃん料理上手だ。どんな味なんだろうね……？」

やたらと手元に視線を感じるが、ここはあえて気付かないフリだ。

八奈見は自分の弁当箱を開けると、白い麵の詰まった弁当箱を見せてくる。

「見て、素麺《そうめん》チャンプルー作ったの。割と美味《おい》しいんだよ」

八奈見《やなみ》は無造作に箸を突っ込む。塊のまま持ち上がったチャンプルーに、一瞬迷ってから大口でかぶりついた。

豪快な食べっぷりを眺めつつ、俺は話を切り出す。

「それはそうと八奈見さん、今日は何があったんだ」

「何かなくたっていいじゃん。ちょっとご飯食べながら話をするだけだよ」

もかもかとチャンプルーを頰張《ほおば》る八奈見。

そうは言っても、どうせ袴田《はかまだ》と姫宮《ひめみや》さんのことだろう。俺の沈黙になにかを感じ取ったか、八奈見は不本意そうな顔をする。

「温水《ぬくみず》君、違うからね。今回は私の私怨じゃないし。友人として、いや人類を代表してモノ申す必要が生じただけなの」

人類代表ってことは、八奈見が俺の代表か。困ったな。

「……で、なにをモノ申すんだ」

「ほら、うちのクラスのツワブキ祭の企画。準備が始まったでしょ?」

「ああ、『辻ハロウィン』だったよな」

辻斬りを思わせる名前だが、決して物騒な企画ではない。

仮装をした面々が校内を練り歩き、そこらで寸劇を行ったり、小さな子供にお菓子をあげて一般のお客さんを楽しませる趣向だ。そういえば――。

「昨日、衣装の採寸をするって言ってなかったっけ」

　この辻ハロウィン、仮装するのはクラス内でも選ばれた見た目の良いメンバーのみだ。八奈見と焼塩《やきしお》はもちろん、袴田草介《そうすけ》や姫宮華恋《かれん》も含まれている。

「うん、それで保健室でサイズ測ったの」

「保健室で？」

「あそこベッドの周りにカーテンあるでしょ。その中で衣装係の子にサイズ測ってもらったんだけどさ」

　八奈見は箸の先でチャンプルーの塊をガシガシ崩しだす。

「華恋ちゃんの胸周り、合うサイズの既製服がないから、改造することになったのは置いといて」

「既製服が合わない……？」

　むしろそこが聞きたい。

「あのね、最初に採寸されたのは草介だったの。華恋ちゃんもカーテンの中で一緒にお話ししててさ」

　採寸中に彼女が同伴。ツーアウトというところか。

「でも衣装係の人も一緒にいたんだろ？　男子なんて、その辺で着替えたりしてるんだし」

「……でね、その後、華恋《かれん》ちゃんの採寸が始まったの」

八奈見《やなみ》の声のトーンがわずかに下がる。

「え、まさか」

八奈見は暗い表情でコクリと頷《うなず》く。

「華恋ちゃん、そのまま服を脱ぎ始めて。さすがに衣装係の子が気付いて草介《そうすけ》を追い出したんだけどさ。その時、草介がこう言ったの」

カツン、と弁当箱を叩く箸の音。

「ごめん。つい、いつもの癖で——って」

……重い沈黙が非常階段に訪れた。グラウンドから、はしゃぐ男子生徒の声が聞こえてくる。

しばらく経《た》った頃、俺は八奈見にそっと弁当箱を差し出した。

「八奈見さん、なにか欲しいのあったら食べる?」

「いいの?　なんでも?」

「ああ、遠慮しないでくれ。ほら、スコッチエッグは力作だぞ」

八奈見は真っすぐ手を伸ばしてくる。

「じゃ、これもらうね」

「こういう時におにぎり持ってく人、初めて見たな」

「……なんでもいいって言ったじゃん」

八奈見はおにぎりをかじりながらジト目で見てくる。

うん、確かに言った。今のは俺が悪い、反省しよう。

「えっと、話は変わるけどさ。文芸部の企画の話、何かいいアイデアはある？」

「去年はなんか廊下で研究展示をしたんだよね。昭和から平成にかけての、サブカルの特定分野の変遷について、だっけ。実際なにをやったの？」

言いながら八奈見は俺のスコッチエッグに箸を伸ばす。

あれ？　弁当をすすめたの、まだ有効なのか……？

「同性間の性愛に関する創作物の極めて特定分野の研究……ということだと思う」

月之木《つきのき》先輩が企画者だったので、内容はお察しの通り。色々あって即日撤去されたイワク付きだ。

「ふうん、じゃあ今年も研究発表する感じかな」

八奈見の視線は二つ目のおにぎりを狙っている。諦めて頷いた次の瞬間、おにぎりが姿を消した。

「でも小鞠《こまり》は、やるからにはお客さんに来て欲しいってさ。文芸部の企画を成功させたいみたいで、教室の貸し出し申請もしてるし」

「ふうん。小鞠ちゃん、やっぱ女の子だね」

「……女の子？」

八奈見《やなみ》はカチカチと箸を合わせる。

「だって3年生はこれで引退なんでしょ？　思いは届かなくても、せめて好きな人を盛大に送り出したい……。小鞠《こまり》ちゃん健気じゃん。乙女だよ」

「そんなもんかね」

「そういうもんだよ温水《ぬくみず》君。私、応援しちゃうな」

そう言いながらワカメご飯のおにぎりにかじりつく。

「それとさ、次期部長は小鞠ちゃんなんだよね」

「あ、もう知ってるんだ」

俺は取られる前に最後のおにぎりを手にする。

「月之木《つきのき》先輩が、小鞠ちゃんをよろしくって連絡してきてさ。だから私も色々考えたんだよ。聞きたい？」

八奈見のアイデアか。予想はできるが一応聞いておこう。

「人を呼ぶにはやっぱり食べ物だよ。色々考えてこの結論に達したの」

頬《ほお》にご飯粒を付けたまま、真面目な顔で言う八奈見。

「食べ物は確かに人を呼べるけど、文芸部と関係ないだろ。人手も足りないし」

「だったら文芸部の展示を、食と絡めたテーマでやればいいじゃん」

「あくまでも、部の活動の中でやるってことか」

うなずきながら指をぺろりと舐《な》める八奈見。

「自分たちの見てもらいたいモノだけ出してもダメだよ。まずは展示に興味を持ってもらって、初めて中身に目を向けてもらえるの」

……八奈見どうした。血糖値とＩＱが連動するとか、そんな設定なのか。

「私の友達とか呼べば、それなりに人は来ると思うけどさ。小鞠ちゃんがやりたいのはそういうのじゃないでしょ？」

確かにそうだ。あくまでも文芸部の企画を成功させるのが目的で、八奈見の友達を集めても意味がない。

「ただ、食べ物がらみの展示といっても幅が広いよな」

「まずはネタ探しに小鞠ちゃんも誘って取材に行こうよ。今日の放課後、暇でしょ？」

「俺だっていつも暇なわけじゃないぞ。えーと、例えば」

「例えば？」

「ラノベの発売日とか、ソシャゲのイベントとかある日は……忙しい」

八奈見は空になった弁当箱を閉じる。

「じゃあ今日は暇だよね」

「……はい」

俺はすっかり寂しくなった弁当の残りを食べながら、力なく頷《うなず》いた。

◇

放課後、豊橋《とよはし》駅から歩いてきた俺は八奈見《やなみ》と小鞠《こまり》の姿を探す。自転車通学の二人とは、現地で待ち合わせることになっているのだ。

「あんまりこの辺には来ないな……」

水上ビル。駅近くのレトロなビル群で、用水の暗渠《あんきょ》の上に立っているから、このような名前で呼ばれているらしい。

ビル沿いの一階はアーケードになっていて、小売店が立ち並んでいる。

多くの店がシャッターを下ろしているが、昔ながらの青果店やスナックの間に、真新しいカフェがあったりするのが、なかなか面白い光景だ。

と、一軒の閉店した商店の前、小柄な女子がシャッターを間近で見つめている。

「小鞠、なにやってんだ?」

「ふ、古いポスター、見てた」

なんでそんなものを。隣に並んで色あせたポスターを眺める。

「のんほいパークでアニメイベントがあったのか。って、これ3年前のじゃん」

俺の独り言に、小鞠がじろりと睨《にら》んでくる。

「に、2・5次元。あ、アニメとは、違う」

違うのか。そういや2・5次元をコスプレ扱いして、月之木《つきのき》先輩に殺し屋の目で見られたことがあったな。

「おぉ……や、薬王寺助次《やくおうじすけつぐ》の役、い、いまと違う……」

ブツブツ言いながら、スマホで写真を撮る小鞠。

「あ、司会はチカピョンの声優だ。俺も行きたかったな」

「だ、だな。私も行きたい」

並んで過去に心を飛ばしていると、背後から声がかけられる。

「二人ともシャッター見つめて何やってるのよ」

振り向くと、腰に手をあてて呆《あき》れ顔の八奈見。

「八奈見さんか。3年前のアニメイベントに想いを馳せてた」

「……温水《ぬくみず》君、まだ10代だよね」

「3年なんてすぐだぞ。父親曰く、十年単位で数え間違えるようになってからが本番らしい」

「なんの本番よ。早く行くよ」

八奈見は雑にツッコむと、俺たちをうながして歩き出す。

「遊びに来たんじゃないからね。ちゃんと取材を自覚してもらわないと困るなー」

俺は八奈見の後を歩きながら、周りを見回す。

「取材はいいけど、なんでここなんだ。図書館で資料を調べるとか、繁華街なら駅ビルに行けばいいじゃん」

「分かってないなー。ここは古いものと新しいものが融合した空間なんだよ。アートの発信基地としての活動も続いてるし」

八奈見《やなみ》はドヤ顔で髪をかき上げる。

「つまりどういうこと?」

「だからさ。この光景が私たちのインスピレーションを刺激して、いい感じになるというか……あれだよね、うん」

特に深い考えはないらしい。

とはいえ、いつも見ない景色は新鮮だな。遠出をしなくても、いつも通らない道を歩くだけで新たな発見があるものだ。

「この辺、新しいスイーツの店が多いんだよ。あっ!」

八奈見は一軒の店に走り寄る。

「ここのフルーツパフェ、美味《おい》しいって評判なんだよね。食べてく?」

「別に甘い物の取材に来たわけじゃないだろ」

「体験するのだって大切だよ。小鞠《こまり》ちゃんもそう思わない?」

店頭のメニューをのぞき込んだ小鞠が、顔を引きつらせる。

「わ、私、お金、ない」

メニューの写真を見ると、桃のパフェはお値段は高めだが確かに美味しそうだ。今度佳樹《かじゅ》を連れてこようかな……。

「高校生がふらりと寄るには贅沢《ぜいたく》だな。八奈見さんもバイトしてないんだし、そんなに余裕ないだろ？」

看板を凝視していた八奈見がポツリとつぶやく。

「後先考えなければ……いける」

考えろ。

「八奈見さん、今日は取材だから先に進もう。ほら、あっちに味噌ラーメンの店あるぞ」

「なんでラーメン――って、味噌もアリだね。私いつもは、とんこつ派だし」

無駄な八奈見情報を増やされつつ、足早に歩き出す彼女の後を追う。

と、小鞠が半歩引いて俺に並んだ。

「ぬ、温水《ぬくみず》。なんで、わ、私、呼ばれた？」

前髪の間から、疑い深く見上げてくる小鞠。

「ツワブキ祭の企画、テーマが決まらなくて困ってただろ。なんかきっかけになればって」

「そ、それはそう、だけど。で、でも私」

「本番まで半月だし、そろそろ決めないと」

「ぶ、部長会の、上半期の活動報告も、準備しないと――」

言いかけた小鞠《こまり》が慌てたように口を閉じる。

「小鞠が部長になる件は、俺も八奈見《やなみ》さんも先輩たちから聞いてるぞ。焼塩《やきしお》にも俺から話しとこうか」

「う、うん……」

「部長会のことはツワブキ祭が終わってから、玉木《たまき》部長に相談しよう。まずは目の前のことからだ」

ツワブキ祭までに展示テーマに合わせた部誌も作る予定だ。俺が部長から編集責任者を引き継ぐことになっているが、テーマが決まらないからには原稿も書けない。

八奈見の深く考えない――もとい、柔軟なところが今の俺たちには必要なのだ。

「だけど食べ物ってテーマは悪くないと思うぞ。今日は固く考えずに、歩いて回るだけでもいいんじゃないか」

「で、でも、私、邪魔じゃないか?」

……邪魔?　そもそも文芸部の活動なのに邪魔も何も。

小鞠は眉間にしわを寄せ、俺の表情をうかがってくる。

「だ、だって、お前、八奈見と付き合ってる、だろ?」

「いや、それはない。つーかなんでそう思うんだよ」

小鞠め、相変わらず失礼なやつだ。

「お前ら、い、いつも一緒だし」

前にもこいつに言われたが、八奈見と俺、そんなに一緒にいるだろうか。

教室では八奈見とほとんど絡まない。部活は小鞠もいるし、最近は昼休みの非常階段にいるのは、こいつの方が多いから――。

「むしろ、八奈見よりお前といる時間の方が長いんじゃないか？」

「ぬあっ?!」

おかしな声を上げて飛びすさる小鞠。なんなんだその反応。

「まあ聞け小鞠。ラッコって可愛《かわい》いだろ」

「ラ、ラッコ……？　う、海にいる？」

「ああ、そのラッコだ。あいつはやたら可愛いが、一日に体重の２０％以上のエサを食べるんだ」

とある女子で例えれば、毎日十数ｋｇの量になる。

「可愛くて、大飯喰《ぐ》らい。だからといって、ラッコに恋はしないだろ。つまりそういうことだ」

「な、なるほ、ど……？」

分かってくれたか。小鞠は腕組みをして首を傾《かし》げているが、言いたいことは伝わったはず。

一人で先に行っていた八奈見が小走りで戻ってくる。

「ねえ、早くおいでよ。いいモノ見つけたの」

あふれんばかりの笑顔。食べ物がらみだと確信しつつ付いていくと、予想通りそこには一軒のカフェ。

「ここ、テイクアウトのお店なの。二人はなんの味にする？」

カウンターに身を乗り出す八奈見《やなみ》。つーか食べるの前提なのか。

「そもそも、なにがあるんだ？」

「洋風ドラヤキだってさ。みんな小腹空いてるだろうから、ちょうどいいかなって」

お腹は全然空いてないけど、このくらいは人付き合いというやつだ。

俺は八奈見の肩越し、メニューを眺める。

「俺は初めてだしプレーンでいいかな。小鞠《こまり》はどうする？」

「すいませーん！　私、ブルーベリークリームチーズをお願いします！」

「あ、あの、ちょっと、待って」

財布の小銭を数えていた小鞠は、パタンと財布を閉じる。

「わ、私は、やめとく……」

……足りなかったのか。

店員からドラヤキを受け取った八奈見は目を輝かせてかぶりつく。

「うわ、美味《おい》し！　ねえ、小鞠ちゃんも一口食べる？」

「あ、あの、私は、いい……」

うつむいて首を振る小鞠。

確かに「ひと口あげる」はコミュ障にはハードルが高い。その気持ち、良く分かるぞ。

俺はドラヤキを半分にちぎると、片方を小鞠に差し出した。

「うえ？　な、なに？」

「見た目悪いけど、口付けてないから」

固まる小鞠の手にドラヤキを押し付ける。

「でも、いい、のか？」

「だって取材だし。みんなで食べた方がいいだろ」

「う……あ、あの……」

あ、やっぱ俺のおすそ分けとか嫌だったか。まさかこれって、セクハラにあたるんじゃなかろうな……？

怯《おび》える俺の前、小鞠がコクリと頷《うなず》く。

「じゃ、じゃあ、もらう」

うつむいたまま、モサモサと食べ始める小鞠。

「こ、これ、美味しい……」

ニマニマしながらドラヤキをかじる小鞠。なぜか八奈見がジト目で俺を見てくる。

「え、なに八奈見《やなみ》さん」

「なんていうかさー、お金がない相手への対応が、私の時とちょっと違わないかな?」

「そうだとしたら、理由は言った方がいい?」

八奈見は無言で、俺の靴をコツンと蹴《け》る。

なんなんだ。言いたいことがあれば言えばいいのに。

俺は洋風ドラヤキにかじりつく。

……あ、これ美味《うま》いな。

◇

二人と別れた後。

市電通りを北に抜けて、行きつけの場所、精文館《せいぶんかん》書店本店を訪れていた。

なにもなくとも、本の背表紙を眺めているだけで頭の中が整理されていく気がするのだ。

ふと、一冊の本のタイトルに目が留まる。『粗食で始める丁寧な暮らし』か。

八奈見の誕生日が近いらしいし、プレゼントにどうかな……。

「そこのお兄さん、お一人ですか」

「え……?」

突然声をかけてきたのは、お人形さんのような小柄な女子。

――朝雲千早《あさぐもちはや》。

焼塩《やきしお》のかつての想い人、綾野光希《あやのみつき》の彼女だ。真ん中分けの髪の間で、おでこがキラリと輝く。

夏休みに彼女と焼塩の騒動に巻き込まれて以来、ちょくちょくからんでくるようになった。

「ああ、一人だけど。朝雲さんも一人なの？」

「光希さんも一緒ですよ。あの人、ここに来ると棚の前から動かなくなるから困ったものです」

困った風もなく笑顔を見せる。それを見れば、聞くまでもなく二人は上手くいっているのが分かる。朝雲さんは俺の前の書棚を覗き込んだ。

「温水《ぬくみず》さん、なにか本をお探しですか？」

「なにってわけじゃないけど。ツワブキ祭の展示で食と文学をテーマにしようと思ってるから、参考になるのはないかなって」

「あら、面白そうですね」

朝雲さんは人差し指をあごに当て、可愛《かわい》らしく首をかしげる。

「食と文学――その名の通りの書籍もありますが、まずは焦点を絞った方がいいかもしれません」

「絞る？」

「はい。概論的な掘り下げなら、いっそ時代や国を特定して、当時の歴史や風俗とからめて、その時代の著作物の食に関する扱いや記述を考察するのはどうでしょう。良い研究になると思います」

「なるほど、概論的……。えっと、俺にはちょっと荷が重いかな」

朝雲《あさぐも》さんは両手を胸の前でグッと握り締め、リスのような丸い瞳で俺を見上げてくる。

「安心してください。参考文献を30冊ほどピックアップしますので、軽く目を通してもらってから、気になる分野をさらに掘り下げていけばいいんです。言ってくれれば、いくらでも文献を探しますから」

「え、ちょっと待って。そんなに時間ないし、もっと軽い感じの展示にするつもりなんだけど」

俺の発言のなにが彼女を刺激したのか、目を輝かせて詰め寄ってきた。思わず後ずさった俺の背中が書棚に当たる。

「深い背景があってこそ、軽い読み口に繋がるんです。ここで買えるだけ買ってから、近くの図書館に行きましょう。はい、財布を出してください」

「え、あの、はい」

なんか朝雲さん、謎のスイッチ入ってるぞ。完全に気圧《けお》された俺は、恐る恐る財布を取り出す——。

「だとしたら、有名な作家や文学作品をピックアップして、エピソードや逸話を紹介するのはどうだ。むしろ文化祭ならその方が広く楽しんでもらえるだろ」

背後から聞こえてきた落ち着いた声。

振り向くと、綾野光希《あやのみつき》が眼鏡越しに俺たちに笑いかけている。

「温水《ぬくみず》、久しぶりだな」

「あら、光希さん。もういいんですか？」

朝雲さんはトトッと綾野に近寄ると、腕にそっと手を添える。

「そろそろ塾の時間だしな。温水、文化祭の調べ物だって？」

「まあ、そんなとこだけど。なかなか決まらなくてさ」

「あんまり思いつめるなよ。なにも考えない時間も大切だぜ」

そんなものだろうか。

俺が考え込んでいると、綾野は大人びた笑みを浮かべて肩に手を置いてくる。

「それでも駄目《だめ》なときは声をかけてくれ。いつでも手を貸すぜ」

「ああ、そうだな。いざとなったら頼むよ」

俺は曖昧な笑顔で返す。

心の壁を見透かすように、朝雲さんが俺を澄んだ目で見つめる。

「温水さん。光希さんの言葉を、ただのリップサービスだと思っていますか？」

「そうなのかよ、寂しいな」

綾野がニヤニヤしながら肩をすくめる。

「そういうわけじゃないけどさ。もし、夏休みのことを借りに思ってるのなら、そういうのはかえって座りが悪いっていうか」

借りとか貸しとか、そんなことを考え出すと口の一つも開けなくなる。

「私たちは確かに温水《ぬくみず》さんに恩義を感じています。ですが、それとこれとは別です」

朝雲《あさぐも》さんはグイと俺に圧をかけてくる。

「今年の夏、なんで檸檬《れもん》さんをあれだけ気にかけたのですか？　温水さんに得はなかったはずです」

「それは……ほうっておけなかったというか。まあ一応、友達だから」

照れながら言う俺に、朝雲さんがニコリと微笑む。

「私たちも同じです。友人だから損得は抜きなんです。強いていえば、温水さんの助けになれれば私が嬉しいからという私欲ですね」

「……分かった。力がいる時には遠慮なく頼らせてもらうよ。ありがと」

「はい、任せてください」

彼女の後ろに無言で立っていた綾野《あやの》が、「ほら、俺の彼女は最高だろ？」とばかりにウインクをしてみせる。

その気配を察したのか、朝雲さんがニコニコ顔で背中を綾野に預ける――。

……なるほど、確かに私欲だな。俺をダシに、いくらでもイチャつくがいい。

◇

翌日の放課後。八奈見《やなみ》と小鞠《こまり》、俺の三人は部室で顔を突き合わせていた。

「昨日の晩、小鞠と話し合った結果を簡単にまとめてみた。改めて意見を聞かせて欲しい」

印刷した紙を二人に渡すと、八奈見は不思議そうな顔をする。

「昨晩？　あれから二人で会ってたの？」

「情報処理の授業で、文書ファイルの共有機能を習っただろ。それ使って、チャットしながら作ったんだ。意外と上手くいったぞ」

「あれ。私、その話し合いに入ってないんだけど」

……やはり気付いたか。面倒なので八奈見抜きで進めたのだ。

俺は小鞠と軽くうなずき合ってから、改まって八奈見に向き直る。

「実は八奈見さんには、他の仕事をお願いしたくて。いや、むしろ八奈見さんにしかできない役割があるんだ」

「……私にしかできない？　それってどんなの？」

真剣な表情で聞き返してくる八奈見。

「つまり……コンサルタント的な役目だな。第三者の俯瞰《ふかん》的な視点も必要だろ？　八奈見さんにピッタリかなって」

「コンサルタント……それって、コンサルってことだよね」

「なんで略して言い直したか分からないけど、その通りだ」

八奈見《やなみ》は満足げに頷《うなず》くと、髪をかき上げる。

「なるほど、そういうことなら分かったよ。私、そういうの向いてる気がするし」

そうか向いてるんだ。そうか……。

「じゃあ話を戻すけどさ。八奈見さんのアイデアをもらって、食と文学というテーマで行こうと思うんだ。文豪の好きな食べ物とか、本に出てくる食べ物を紹介しようかと」

「なるほど、それで食べ物を出すんだね！」

八奈見が目を輝かせる。

「ああ。当時のレシピや再現写真を載せたりしようかと思って」

「再現写真……？　実際に食べ物は出さないの？」

途端に八奈見の表情が曇る。

「え？　だって飲食店やるわけじゃないし」

「……はい注目。二人とも私の話を聞いて」

八奈見がコホンと咳払《せきばら》い。

「いい？　私が食をテーマにしようと言ったのは、そういう意味では――ありません」

そういう意味じゃなかったか。八奈見語、難しい。

「じゃあ、どういう意味だったんだ?」

「ほら、昭和の文豪とかって、牛鍋とか鰻とか食べてるイメージじゃない?　私たちも文芸部なんだし、積極的に文豪気分になんないと」

こいつ、文化祭で牛鍋屋を出すつもりだったのか……?

「そもそも、室内で調理は禁止だぞ。それに飲食店の応募は締め切られてるし」

「私はアイデア出したんだし、そこをどうにかするのは温水君《ぬくみず》の役目だよ。ほらほら、頑張って」

ええ……このコンサル外れだな。来期は解約しよう。

無茶振りを避けて何かを読んでいた小鞠《こまり》が、ゆっくりと顔を上げる。

「ひ、火、通した焼き菓子なら、大丈夫」

小鞠が差し出したのは文化祭の出展の手引きだ。小鞠の指差す箇所に、確かにそう書いてある。とはいえ、お菓子と展示をどう結び付ければいいのか。

「まずは動くことだね。とりあえず何か作ってみようよ」

八奈見がワクワクを隠しきれない顔で言う。

「作るといっても、場所も材料もないだろ。それにテーマとどう絡めるかを先に――」

「温水君、下手な考えなんとやらだよ。ここはカリスマコンサル八奈見ちゃんに任せなさい」

八奈見《やなみ》はこれ見よがしに足を組むと、電話をかけ出す。

「あ、もしもしカナちゃん。今日は部活はないの？」

なんとなく黙り込む俺と小鞠《こまり》の前、カナちゃんと話していた八奈見がスマホをしまう。

「八奈見さん、なんか友達と約束があるのか？　遠慮せずに行ってもらっていいけど」

「……温水《ぬくみず》君、ひょっとして私を追い払おうとしてない？　気のせい？」

「気のせいだって。文芸部はワークライフバランスを重視してるから」

うそぶく俺をジト目で見る八奈見。

「まあいいけど。二人とも、早速行くよ」

「行くってどこに？」

「場所と材料があれば作れるんでしょ？　私についてきて」

八奈見はドヤ顔で立ち上がる。

……仕方ない。契約切れまでは、このコンサルに付き合うとするか。

◇

俺たちが八奈見に連れてこられたのは新校舎一階、学校の家庭科室。

「料理部の友達が、片付けするなら自由に使っていいってさ。はい、材料も分けてもらったよ」

八奈見は調理台の上に小麦粉と砂糖をドサリと置く。

「……材料はこれだけ？」

八奈見は自信満々で頷《うなず》く。

「だよ。さて、温水君。この後どうしよっか」

まさかの丸投げだ。お菓子なんて作ったことないぞ。

「えーと、小麦粉と砂糖を交互に舐《な》めるとか」

「生の小麦粉はお腹痛くなるからダメだよ。あんまり美味《おい》しくないし」

なるほど、経験者の意見は大切だ。

「それじゃ火を通すとして、八奈見さんは何かレシピ知ってる？」

「んーとね、小麦粉焼きなら作れるけど」

「なにそれ」

八奈見はフライパンを取り出すと、顔の前に掲げる。

「水で溶いた小麦粉を焼くの。コツとしては食べるときに心を無にすることかな」

そんな悲しいお菓子は嫌だ。

どうにも話が停滞していると、それまで黙っていた小鞠が小さく手を上げる。

「あ、あの、クッキーくらいなら、作れる」

「材料、これだけで大丈夫なのか」

「バ、バターかマーガリン、欲しい」

それを聞いた八奈見《やなみ》は食品棚に駆け寄ると、何かを手に戻ってきた。

「サラダ油でも大丈夫?」

油のボトルをじっと見つめていた小鞠《こまり》が、小さく溜息をつく。

「だ、大丈夫。ボ、ボウルやラップある?」

「うん。授業の実習で半端に余ったのが山ほどあるから、使い放題」

小鞠はボウルで材料を手際よく混ぜ始める。

「さ、最後に小麦粉、入れて。生地、作って焼くだけ」

感心しながら眺めているうちに、粉が生地になっていく。

小鞠は材料を混ぜる手を止めると、部室から持ってきた紅茶のティーバッグをバラしだす。

「小鞠ちゃん、なにやってんの?」

八奈見が顔を近付けてのぞき込む。

「うぇ? あ、こ、紅茶、あの」

まずい、小鞠はまだ八奈見の押し出しの強さには慣れてない。

俺は飴《あめ》を取り出すと、八奈見の目を逸《そ》らす。

「紅茶クッキーにするのか? ティーバックの茶葉でいいんだな」

小鞠はコクコクうなずきながら、生地に茶葉を混ぜる。

最後に出来上がった生地をラップに包んで完成だ。

「あ、後は冷蔵庫、い、1時間くらい寝かせる」

「1時間……？」

ボリボリと飴をかみながら、八奈見。小鞠がビクリと震える。

「え、あの、じゃあ、オーブンの予熱、終わったら、焼く」

「はーい」

八奈見が足取り軽くオーブンのスイッチを入れに行く。

使い終わったボウルを洗っていると、生地を冷蔵庫に入れた小鞠が戻ってきた。

「小鞠、結構こういうの慣れてるんだな」

「う、うち、チビスケいるから。おやつ、よく作る」

「なんでこれが出来て、いつも昼飯がバターロールなんだ」

「や、安くて、楽。決まってる、だろ」

小鞠はぶっきらぼうに言うと、洗い終わった泡だて器を水切りカゴに放り込んだ。

◇

湯呑《ゆの》みから上がる紅茶の湯気越し、焼きたてのクッキーが並べられている。

皿を囲んで座る俺たちは、いただきますをしてから手を伸ばす。

「ま、まだ少し柔らかいけど、や、焼けてる」

クッキーの端をかじりながら、ホッとした顔をする小鞠《こまり》。

「私、柔らかいクッキーも好きだよ。あ、ちゃんと紅茶の香りもするじゃん」

八奈見《やなみ》は上機嫌で二枚目のクッキーを飲み込むと、湯呑《ゆの》みの紅茶をすする。

クッキーは舌触りも風味も悪くない。ちゃんと作れば、売っても恥ずかしくないのでは。

さて、後はどうやって展示テーマと絡めるかだ。太宰治の顔クッキーとか作ったら、需要あるかな……。

「展示やってお菓子売って、部誌も作るんだよな。俺たちだけでできるかな」

八奈見は紅茶のお代わりを注ぎながら、チッチッチと指を振る。

「なんだって完璧にしなくていいんだよ。お菓子は無理なく作れるだけの量を作ればいいし、部誌だって昔書いた原稿を入れればいいじゃん。ツワブキ祭に来る人、うちらの小説を誰も読んだことないんだから」

「……まあ、確かに」

なにをどこまでやるか。俺たちに委ねられている以上、八奈見の言うことも分かる。

口を開きかけた小鞠は黙って立ち上がると、食器棚から湯呑みをもう一つ持ってくる。

「小鞠、誰か来るのか?」

「や、焼塩《やきしお》の気配がする」

なにそれ。小鞠、中二な能力にでも目覚めたか。

その時、窓の外でスズメが一斉に飛び立った。

驚いて視線を向けると同時、小麦色に焼けた女子が家庭科室の窓をガラリと開けた。

──焼塩檸檬《れもん》。陸上部と兼部の文芸部員だ。

「お疲れー、お菓子作ったんだって？」

「檸檬ちゃん、ちょうどクッキーが焼きあがったところだよ」

「やった！　八奈ちゃん、連絡くれてありがと」

焼塩は言うが早いか、窓枠をヒラリと乗り越える。

「土足で入るなって。ちゃんと履き替えてから──」

焼塩は笑顔で、指先に引っかけたスニーカーを肩に担いでみせる。

「ちゃんと脱いだって。ぬっくん、心配性だな」

……いつの間に脱いだんだ。こいつ、段々と人間離れしてきたな。

とはいえ、家庭科室に脱いだ靴を持ち込むのは感心しない。俺はポケットからレジ袋を取り出す。

「ほら、砂が落ちるからこれにちゃんと入れて。食べる前に手も洗うんだぞ」

「ぬっくん、お母さんじゃん。ママって呼んだげようか？」

変な扉が開くといけないからやめてくれ。

焼塩《やきしお》は陸上部の練習終わりだろう。胸の下までタンクトップをまくっていて、腹もヘソも丸見えだ。

手を洗った焼塩が立ったまま皿に手を伸ばす。

「焼塩、腹冷えるから隠せって」

「大丈夫だよ。練習中、ずっとこの格好だし」

クッキーをかじった焼塩が目を丸くする。

「これ、美味《おい》しいやつじゃん。なんか葉っぱ入ってるし」

「まあね、やれば意外とできるんだよ」

なぜ八奈見《やなみ》が偉そうにしてるんだ。

「作ったの小鞠《こまり》だけどな。それとこれ紅茶クッキーだぞ」

「へえ、小鞠ちゃん女子力高いねー」

焼塩は小鞠の横に座ると、よしよしと頭を撫《な》でる。

……夏休みの終わり頃。焼塩の長く秘めていた初恋が終わった。

その時の話を焼塩とすることはない。だけど時折、一緒に登校する焼塩と朝雲《あさぐも》さんの姿を見かける。それ以上、俺が首を突っ込む必要はないだろう。

見ているのに気付いたか、焼塩は俺に白い歯を見せる。

「ごめんね、文化祭のことなんにも手伝えなくて」

「気にしないでくれ。焼塩が忙しいのは分かってるし」

「り、陸上部、あるから、仕方ない」

謝る焼塩に小鞠が紅茶を差し出す。

焼塩はツワブキ祭では陸上部の企画に加えて、クラスでも花形の仮装役だ。陽キャはなんだかんだで忙しい。

「檸檬《れもん》ちゃん、クラス企画のスケジュール聞いた？　結構大変そうだよ」

もう一人の花形、八奈見は指先でクッキーを数えると、三枚を残して一気に口に入れる。

「ふぉふぇふぃふぉふぉんのふぇんふぇいもふぁがふぁないふぉふぇ」

「そうだね。顧問の先生も探さないとだね」

焼塩はうんうんと頷《うなず》く。こいつ今の聞き取れたのか。

「女子陸の先生に、顧問になってくれるように頼んでみよっか？　いっそのこと、みんなも陸上部に合流しなよ」

「それ、文芸部が吸収されるだけだろ。顧問やってない先生に心当たりはないか？」

クッキーに手を伸ばしつつ、焼塩は大きな目をパチクリさせる。

「あたしが知ってる先生って、部活関係くらいだし。あとは甘夏《あまなつ》ちゃんくらいかな」

「あの人か……」

甘夏《あまなつ》ちゃんこと甘夏古奈美《こなみ》。1－Cの担任だ。

生徒と間違えられるくらいにちっちゃ可愛《かわい》い先生だが、俺の顔と名前を憶えていない。もう二学期だぞ。

俺がためらっていると、焼塩《やきしお》が手をはたきながら立ち上がる。

「考えたって仕方ないよ。ぬっくん、先生のとこ行こうか」

「今から？　八奈見《やなみ》さんの方が適役じゃ――」

そう言って視線を向けると、八奈見がクッキーをのどに詰まらせてメッチャむせてる。

「……ああ、一緒に行こうか」

小鞠《こまり》がオロオロと八奈見の背中を叩いているのを尻目に、俺は焼塩と家庭科室を後にした。

◇

甘夏先生はこの時間、社会科資料室にいるらしい。

職員室でそう聞いて向かっていると、焼塩が俺の肩をつついてきた。

「ねえ、ツワブキ祭が終わったら、文芸部も3年生は引退なの？」

「ああ、それで一線を退くってさ。陸上部もそうなのか」

焼塩は少しだけ日焼けの薄くなった顔を縦に振る。

「うん、陸上部は次期部長も決まってね。仲いい先輩だけど、厳しいからさぼれなくなっちゃうなー」

頭の後ろで指を組み、わざとらしく溜息をつく。

「焼塩、走るの好きだろ。なんでさぼるんだよ」

「あたし、短距離だからね。専用のトレーニングメニューがあるけど、そーゆーの無視してただ走りたい時ってあるじゃん」

……？　それってつまり。

「お前まさか、部活さぼって走ってるのか？」

「たまには、ずーっと走りたくなることもあるんだよ」

焼塩は意味ありげに笑うと俺に肩をぶつけてくる。痛い。

「部活で中距離や長距離もやればいいじゃん」

「いやー、それで中学んときやらかしてさ。こりたこりた」

明るく言って立ち止まる。資料室に着いたのだ。

さて、甘夏先生は中にいるのだろうか。扉に手を伸ばした途端、ドサドサと大量の何かが落ちる音と、女性の悲鳴が響いてくる。

……間違いない、中にいる。

扉を開けると、大量の本と教材に埋もれた甘夏先生の姿。焼塩が慌てて走り寄る。

「甘夏《あまなつ》ちゃん、大丈夫？」

「痛たた……」

俺は先生を引っ張り出す焼塩《やきしお》を横目に窓を開ける。なんかホコリっぽいし。

「焼塩か、助かった……って、お前なんて格好してんだ。ヘソ見えてるぞ」

「だって部活終わりだもん」

焼塩は拗《す》ねたように言う。

甘夏先生はパタパタとスカートをはたきながら、俺たちの顔を不思議そうに見比べた。

「それにお前ら、こんなところに何の用だ？」

次第に甘夏先生の表情が険しくなる。

……俺と焼塩の組み合わせ。先生の前では一学期の体育倉庫以来である。

甘夏先生は突然ハンカチを床にペチンと叩きつけた。

「あーもう、そういうのは家でやれ！　せめて保健室行けば小抜《こぬき》ちゃんいるから！」

いるからどうだというんだ。

「いや、待ってくださいよ。そんなんじゃなくて、先生に相談があるんです」

「二人で私に相談……？」

首を傾《かし》げて焼塩のヘソを見つめていた甘夏先生。と、見る間に顔が青くなる。

「ちょっ?!　それこそ保健室行けって！　小抜ちゃんいるから！」

「いや、多分そっちでもないです」

なんて落ち着きのない先生だ。

どうしたものかと思っていると、焼塩が戸惑ったように俺を見てくる。

「ぬっくん、さっきから何の話してるのさ」

「えーと、大人は常に最悪の事態を想定しているということだ」

「……？　なんかよく分かんないけど、あたしがお願いするよ」

焼塩はコホンとワザとらしく咳払《せきばら》い。

「ねえ甘夏ちゃん、文芸部の顧問になってよ！」

「うお、突然何の話だ」

確かに突然だ。俺が説明を引き継ぐ。

「すいません、自分たちが所属する文芸部って、顧問の先生がいないんです。ツワブキ祭までに顧問になってくれる先生を探してて」

甘夏先生はホホウと呟《つぶや》いて腕組みをする。

「何とかしてやりたいが、私は卓球部の顧問やってるしなー」

しばらく考え込んでいた甘夏先生は、くわっと目を見開く。

「よし、先生に任せろ！　私がどうにかしてやる」

「甘夏ちゃん、ほんとっ？」

「教師生活5年目、初めて生徒に相談を受けたんだ。先生の本気を見せてやる」

「え、今まで相談とか受けたことないんですか……?」

思わずもれた一言に、甘夏《あまなつ》先生が口をとがらせる。

「先生は……あれだ。生徒との距離感を大切にした、厳しい大人の教師像を体現しているんだ。生徒が近付きがたいのも当然だろ」

「でも甘夏ちゃん、こないだあたしらとプリ撮ってくれたじゃん」

「あれは生徒指導の一環だ。けっして楽しそうで羨《うらや》ましかったとか、そんなんじゃないからな」

言ってプイと顔をそむける。子供か。

「えーと、とにかくありがとうございます。それじゃあ、顧問の先生探しはお任せしていいんですね」

「ああ、先生に任せとけ。焼塩《やきしお》と、えーとお前は――」

……やれやれ、やっぱり俺の名前を憶えてないな。

口を開こうとすると、先生は掌を俺の顔に突き付けてくる。

「みなまで言うな。お前は確か私のクラスの……温水《ぬくみず》、だな」

「えっ?! 名前、やっと憶えてくれたんですか?」

驚く俺に向かって、甘夏先生は得意げに胸を張る。

「まあな、消去法というやつだ。つまり、まだ覚えていない顔と名前を結び付ければ――」

「先生、その先は言わなくていいです」

……ちょっと喜んで損した。

◇

翌日の土曜日。俺は家族で『道の駅とよはし』に来ていた。

「大人の初恋レモン……か」

俺はレモネードの瓶を手にして独りごちる。

焼塩の少し大人びた笑顔とか、レモンの皮の苦みとか。言葉にしきれないイメージを浮かべつつ、レモネードの瓶を棚に戻す。

ここでは地元のお菓子や食材を売っている。

ツワブキ祭で出すお菓子のアイデアを練ろうと、親に頼んで車を出してもらったのだ。

「はい、お兄様。あーん」

と、横からスプーンが差し出された。反射的に口にすると、澄んだ冷たい甘みが舌に広がる。

見れば佳樹《かじゅ》がアイスのコーンを手に、俺の隣に立っている。

「あ、なんかこれ美味《おい》しいな」

「お母さんにジェラート買ってもらいました。地元のうずら卵を使っているそうです」

言ってパクリとスプーンをくわえる佳樹《かじゅ》。

そういえば、うずらって渡り鳥なんだよな。あの丸っこい体で空を飛ぶ姿を思いつつ、棚のうずらサブレを眺める。

「お兄様、今日はどうしたんですか？　急に道の駅に行きたいだなんて」

「ツワブキ祭で文芸部の展示に絡めたお菓子を出すんだ。できれば休憩スペースも作って、ひと休みしてもらいたいし。ここが参考になるかと思って」

「ある意味、文化祭の道の駅みたいなものですね。お菓子はどんな物を出すんですか？」

再び差し出されたスプーンを素直に口に入れる。

「有名どころで、夏目漱石が南京豆を好きだって話があって」

「南京豆……落花生ですね」

「ああ。落花生を小袋に入れて、ちょっとした解説も付けて安く売ろうかと」

「落花生をそのまま、ですか？」

佳樹がスプーンを口に首をかしげる。

「確か夏目漱石って甘党なんですよね。落花生の砂糖がけが好きで、奥さんに隠れて食べていたと聞きます。お兄様は隠れなくても佳樹が食べさせてあげますね。はい、あーん」

そうだっけ。俺は言われるがままにスプーンをくわえる。

「でもお菓子買う予算もないし、凝ったのを作るのは大変だしな」

「全体の計画はどうなっているんですか？」

「ええと――」

作家や本の食に関わる展示をしつつ、それにちなんだお菓子を売ったり配ったりする。

食べ物で釣るのは本意ではないが、それをきっかけに展示を見てもらう。それが昨日の放課後、１年生で話し合った計画だ。

俺の説明を聞き終わった佳樹は、真面目な表情で背筋《せすじ》を伸ばす。

「そういうことでしたらお兄様。佳樹がいますよ」

「……？」

どういう意味だ？　見れば佳樹は、潤んだ瞳で俺を見上げている。

「お兄様のお役に立てる時がきましたね。お菓子づくりなら、佳樹に任せてください」

「いいのか？」

「はい！　それに休憩スペースですが、畳を敷くのはどうでしょう。佳樹、心当たりがあります」

「畳か……あれば助かるかも」

「じゃあ柔道部に借りましょう」

俺たちの母校、桃園《ももぞの》中学には武道場がなく、柔道部は体育館に畳を敷いて練習をしている。

「ありがたいけど、柔道部の練習は大丈夫？」

「生徒会の特権で、体育館のローテーションをゴニョゴニョしちゃいます」

え、そんなのありなんだ。さすがに戸惑う俺に向かって、悪戯《いたずら》っぽく笑う佳樹《かじゅ》。

「佳樹、お兄様のためならなんでもしちゃいます」

……妹よ、ほどほどにしておきなさい。

◇

週が明けて月曜日。一限目の休み時間。

教室貸し出しの申請書の締め切りは今日の昼までだ。

データで受け取った申請書を印刷してきたが、代表者の小鞠《こまり》のサインが必要だ。

サインをもらうために1－Aの教室に行ったが、小鞠の姿は見えなかった。

さて、どこに行ったのか。

この時間に小鞠がいるとすれば、普段なら女子トイレか西校舎の手洗い場だ。

最初の休み時間は、まだあまり喉《のど》が渇いていない。だから移動に時間を使って水道の前にいる時間を減らすため、隣の西校舎に行く可能性が高いが――。

今日は朝から冷える。俺はあえて新校舎の四階、中央手洗い場に足を運んだ。

階段を上がった廊下の先、小柄な女生徒が手洗い場の前に身じろぎもせずに立っていた。

ビンゴだ。

日当たりの良い新校舎の最上階、少しでも温かい水を飲もうという判断だろう。

小鞠は流しっぱなしの蛇口の前、流れる水をジッと見つめている。

行きかう生徒たちの流れの中で、小鞠の周りだけが切り取ったように時が止まっている。

……どことなく近付きがたい雰囲気を感じつつ、小鞠に歩み寄る。

俺に気付いた小鞠がビクリと肩を震わせ、水道の蛇口を締めた。

「どうしたんだ、こんなところで固まって」

「な、なに……」

「ああ、小鞠を探してたんだ。ちょっと用があってさ」

「わ、私に用……？」

小鞠は前髪の間から、少し怯《おび》えたような瞳で見上げてくる。

俺は一枚の紙を差し出す。

「教室貸し出しの申請書に、代表者のサインがいるんだ。昼休みに出しに行くから、サインをもらえないかと思って」

申請書を受け取った小鞠が目を丸くする。

「だ、代表者、私？」

「ああ。小鞠が中心に計画してくれただろ。やっぱお前の名前で出すべきかなって」

しばらく申請書を眺めていた小鞠《こまり》が小さく頷《うなず》く。俺の渡したシャーペンで名前を書くと、黙ったまま返してくる。

……なんか今日の小鞠はおかしいな。

いつもがおかしくないとは言わないが、なんか方向性が違うというか。

「大丈夫か？　なんか顔色も悪いぞ」

「うぇ……だ、大丈夫」

「ひょっとしてツワブキ祭の準備の件か？」

小鞠はうつむいたまま、小さな手を握りしめる。

先週末にようやく文芸部の企画内容が固まった。小鞠が自ら引き受けた研究展示がメインだが、計画を聞いただけでも相当のボリュームだ。

「あんまり肩に力入れるなって。先輩たちもいるし、やれる範囲でやればいいから」

「でっ、でも！」

自分でも思わぬ大声が出たのか。小鞠が気まずそうに顔を伏せる。

「……わ、私がやらないと」

そう言ったきり、黙りこむ小鞠。

……俺、なんか変なこと言ったかな。

「なんか邪魔したな。それじゃ、放課後」

「え、あの」

小鞠が言葉にならない呻《うめ》きをもらした。俺は足を止める。

と、教室から出てきた2年生の集団が、ぞろぞろと歩いてきた。

人の流れを避けようと廊下の端に寄ると、小鞠も俺の背中に隠れるように身をかわす。

……しばらく人の流れが収まりそうもないな。学年集会でもあるのだろう。

仕方なく壁沿いに進もうとすると、上着に妙な抵抗を感じる。

振り向くと、小鞠が指先で俺のブレザーの裾をつまんでいる。

「小鞠、どうかしたのか」

「え、えと……ぶ、部誌の原稿、か、書き終わった。あ、悪役令嬢の、続き」

……？　なんでわざわざ呼び止めてまで。

「そうか分かった。今回は俺が部誌の担当だから、データ送っといてくれ」

「う、うん……」

話は終わった。が、小鞠は俺の服を離そうとしない。

「そろそろ休み時間終わるぞ。俺は教室戻るけど」

「わ、私もだ。方向、お、同じだし」

小鞠は言葉と逆に動こうとしない。

ひょっとしてこいつ、上級生の人の流れが怖いのか……？

仕方ない。俺は途切れない人の流れを見ながら、デジタルの腕時計をかざす。

「小鞠《こまり》、この時計を見てくれ」

「だ、ださいな……」

いや、カッコいいだろ。デジタルのソーラー電波だぞ。

「俺の計算ではここから教室まで85秒だ。あと1分後に動き出しても、チャイムに間に合う」

「うぇ……？　な、なんの計算だ……？」

「人の流れがおさまるまで、もう少し一緒に待とうってことだ」

小鞠は拗《す》ねたように俺の上着の裾を引っ張る。

「……わ、私、クラス違うから、教室少し遠い」

「じゃあ少し早足で歩こうぜ」

顔も名前も知らないツワブキ生たちが目の前を通り過ぎていく。

その中で、休み時間のボッチ二人が何故かこうして並んでいる。

多分これは、偶然とかたまたまとか呼ぶやつで。

小鞠と次の偶然が起きた時も、こいつは今みたいに俺の背中に隠れているのだろうか。

俺はうつむいたままの小鞠に上着の裾を掴《つか》ませたまま、人の流れを眺め続けた。

◇

文芸部活動報告　～秋報　小鞠知花《ちか》『婚約破棄は高らかに！　第４話』

私の名はシルヴィア・ルクゼード、元公爵令嬢。

さらにさかのぼれば、元現実世界の女子高生だ。

お気に入りの乙女ゲームの世界に転生し、努力の甲斐《かい》あって悪役令嬢の私が幸せになる外伝ルートに突入した。

甘い溺愛生活が始まる……はずだったのだが、そうも甘くはないようです——。


「フィリップ！　あなたろくにご飯も食べてないんですって？」

私は執務室の重い扉を押し開けると、スカートをつまんで部屋に踏み込む。

「シルヴィアか。あまり大きな声を出すな」

溜息をつきながら計算尺から手を離したのはフィリップ王子。

……彼との出会いはひと月前。

パーティーで婚約破棄された私を、彼が半ば強引に隣国まで連れてきたのだ。

私は机の横に置かれた食事に目をやる。

塩漬け肉と芋のスープに、パンだけの簡素なものだ。

「なにも使用人と同じものを食べなくてもいいじゃない」

「食事など俺の貴重な時間をさくに値しない。腹に入ればいいんだ」

彼はうそぶくと、口元に馬鹿にしたような笑みを浮かべる。

今年は夏から日照りが続き、秋の収穫時期にもかかわらず食料が不足している。何も手を打たなければ、多くの餓死者が出るに違いない。

「だからといって、食料の配給計画まであなたが立てなくてもいいでしょう。適任がいないなら、王都から行政官を呼び寄せたらいかが?」

フィリップは眉をしかめる。

「中央の官僚どもはゴルド大公の息がかかっている。やつらを公爵領に入れて金と食料を牛《ぎゅう》耳《じ》られたら、それこそ身動きが取れなくなる」

「でも最近、ほとんど寝てないじゃないの」

「俺は王太子である前に公爵領の領主だ。領民の生活を守るのが――」

私の視線に気付いたのか、フィリップ王子は肩をすくめる。

「……受け売りだ。大公に隙を見せないよう、良い人ぶるのも疲れるな」

「それは大変ですこと。でもフィリップ、食事だけはちゃんととってもらいます」

やれやれ、この素直になれない意地っ張りには実力行使をするしかない。

私が指を鳴らすと、メイドが新しい食事を運んでくる。

「シルヴィア、この料理は……？」

「そうね。ロールキャベツのようなもの、かしら。肉や野菜の余った部分を細かく刻んだものを北方セルリの葉で包んで、スープで軟らかく煮ましたの」

「ロール……？ 感心しないぞ。今年は雨不足で野菜は全滅だ。北方から食料を取り寄せれば無駄な魔力を使うことになる」

「知っています。ゴルド大公なんて、冷凍魔法をふんだんに使って希少な食材を取り寄せていると」

そう、社会システムに魔法が組み込まれたこの世界では、魔力は通貨や資源に等しい。希少な食材のために使う魔力で、その何倍もの食料を生産できるのだ。

「安心してください。クーラーボックスを作ったので、必要な魔力は最小限で済みましたわ」

「くうらあぼっくす？」

聞き慣れぬ言葉に首を傾《かし》げるフィリップ王子。

「ええ。箱を二重にして、間にトルソー地方で採れる風綿を詰めました」

「風綿……冬場に畑に降り積もる厄介《やっかい》者と聞くが」

「それが断熱材として役に立ちます。この国の殿方はなんでも魔力を大量に使って解決しようとするのが悪い癖ですわ。上手く魔力消費を抑えられれば、食料の輸入も選択肢に入ります」

「……なるほど。そういうことなら、お前のおままごとに付き合ってやる。ロールキャベツのようなもの、だったか」

「ええ、減らず口は食べる前に済ませといた方がいいわね」

一口食べたフィリップ王子の表情が変わる。

「これをお前が作ったのか……？」

「はい、しばらくは私が食事を用意します。お体には気を付けてもらわないと」

「そういうお前こそ、目の下にクマが出来てるぞ。寝てないのか」

！　私は慌てて目元を隠す。

「ええと……お仕事の方にも力添えが出来たらと思って。その準備をしていました」

「悪いがこれは俺の仕事だ。他の者にさせるつもりはない」

「もちろん、実際に働くのはフィリップです。私はお手伝いをするだけ」

私は得意とする幻影魔法を起動する。役立たずの魔法適性と言われながらも、今まで磨き上げてきたスキルだ。

魔法で部屋の壁一面に格子状の光の線を走らせる。

「この魔法は一体……」

「これこそエクセル――ええと、幻影魔法『エクイセル』ですわ！　この列に光魔法で数字を書き込めば、合計や集計がすぐに出ます」

女子高生時代、情報処理の授業で学んだ成果だ。

試しに書類の一枚を手に取り、数字を入れてみると、瞬時に合計額が表示される。

「合っている。一体、どういう仕組みなんだ」

フィリップは表が投影された壁に歩み寄ると、恐る恐る手を触れる。

「セル――マスごとに魔法の計算尺を仕込んであります。苦労しました。SUM関数までは順調でしたが、VLOOKUPとSUMIF関数には、少してこずったわ」

「……信じられん。これがあれば、領内の食料配給をすぐに計画できる。いや、国の財政も正確に把握できるぞ。これだけの魔法、どれほどの魔力を使うのだ?」

「あら、たかがエクセル。さほどメモリは……ええと、魔力は必要ないわ」

「なるほど。幻影魔法とは便利なものだな。この術式は初めて見る――」

夢中で術式を解析していたフィリップが突然よろめく。

私は慌てて抱きとめると、一緒にソファに倒れ込んだ。

「フィリップ!　大丈夫!?」

「ああ、寝不足でふらついただけだ。少しこのままで休ませてくれ」

「構わないわ、存分に甘えてくださいな」

……一部では冷血漢と称されるフィリップ王子。

その正体は民思いのツンデレ領主。そして私の前でだけ少し甘えん坊――。

「俺の目に狂いはなかったな」

「あら、私が使える女だと認めてくれたのかしら」

「お前の存在を損得で考えたことはない」

フィリップは私の髪を指先でもてあそぶ。

「――やはりお前は面白い女だ」

「……面白いだけなの？」

火照《ほて》る頬《ほお》を隠すように強がる私を、彼は噂とは違う優しすぎる瞳で見つめる。

「待っていろ、必ずお前を俺の妃として親父に認めさせてやる――」


次回、第5話『フィリップに隠し子発覚?!』

◇

昼休み、俺は申請書を手に生徒会室に向かっていた。

「小鞠《こまり》のやつ、なんかおかしかったな……」

背景のように動かない小鞠の姿が頭から離れない。

次期部長の指名にツワブキ祭の準備。その後には部長会での活動報告が待っている。

背負い過ぎて身動きが取れなくなっているのかもしれない。小鞠の様子に少し気を付けておかないと――そんなことを考えていると目的地に着いていた。

『生徒会室』と書かれた室札の他は、何の変哲もない普通の部屋のようだ。

軽く咳払《せきばら》いをして、喉《のど》の調子を確かめてからノックをする。

「あの、失礼します」

扉を開けると、中では一人の女子がシリアルバーをかじりながら机に向かっていた。

俺に気付くと、口元を押さえながら顔を上げる。

「はい、生徒会になんの御用ですか」

髪を後ろでキッチリとまとめた、真面目そうな女子だ。

彼女はニコリともせずに立ち上がると、足早に俺に歩み寄ってくる。

「食事中にすいません、書類の提出をお願いしたくて」

俺が差し出した申請書を一瞥すると、受け取りもせずに首を横に振る。

「すみませんが、ツワブキ祭関係の受付は終わっています」

「え、いや、志喜屋《しきや》先輩に言われて直してきたんですけど」

「志喜屋先輩……。ひょっとしてあなた、文芸部の人ですか？」

分かってくれたか。ホッとしたのも束の間、彼女の表情が険しくなる。

「あの、なにか問題でも」

「文芸部の噂は先輩方から聞いています。校舎の片隅で日がな一日、卑猥《ひわい》な文章を書いている集団だと」

「っ?!　いやいや、文芸部は真面目な部ですって。卑猥《ひわい》な小説なんて書いて――」

……約1名は書いてるな。口ごもる俺を女生徒が睨《にら》みつけてくる。

「やはり何か後ろ暗いことがあるのですね？」

「誤解ですって。えーと、あなたは……」

この人の名前はなんだろう。ふと見ると、胸元に名札が付いている。そういや、入学式で配られたな。誰も付けてる人いないけど。

名札によると、この人は馬剃《ばそり》天愛星さんか。バソリ……その先はなんて読むんだ。

と、馬剃さんが両手で胸元を隠す。

「なっ、なんで胸を見てるんですか?!　わ、私と二人きりだからって、変な気を起こさないでください！」

「いやいやいや！　違うって、名札を見てただけだって！　名前はなんて読むのかなって」

「バソリ……です。生徒会副会長のバソリです」

この人、校章の模様からすると1年生みたいだけど副会長なのか。いや、それよりも。

「下の名前は？」

「……ティ、ティアラ」

ポツリ、と小さな声。

「え？　なんて言ったの？」

「ティアラです！　何か問題でも?!　この名前で何かあなたに迷惑をかけましたか?!」

再びスイッチの入った天愛星《ていあら》さんが俺に詰め寄ってくる。

「いえ、あの、別に名前に問題があるわけじゃ。名札付けてる人が珍しかったから——」

「校則だから付けるのは当然です！　大体ですね！　コネを利用して申請書を手直ししようとか最初から気に入らなかったんです！　私の目の黒いうちはそんなこと許しませんから！」

「それじゃあ、申請は受け付けてくれないんですか？」

「受け付けますけど！」

くれるんだ。

「じゃあ、さっそく申請書を受け取って……」

「——っ！　もうこんな時間！　少し待ってください、そろそろ会長がいらっしゃるので！」

天愛星さんは壁に掛けた鏡に駆け寄ると、リボンの角度を慎重に整えだす。

「えっと、申請書は」

「だから、後で受け付けますから！　副会長たるもの、会長の前で服装の乱れなど——ああ、もうっ！　なんでこの制服、リボンが４つも付いてるのよっ！」

そんなこと俺に言われても。

天愛星さん、伝わってくるアレな雰囲気は文芸部女子を思い出すな。いや待て。ひょっとして俺が知らないだけで、世の中の女子はみんなこんな感じなのか……？

恐ろしい考えに固まっていると、生徒会室の扉が開く。

「おや、今日はずいぶんとにぎやかだな」

「会長、お疲れ様です！」

天愛星《ていあら》さんがピンと背筋《せすじ》を伸ばす。見れば背の高い女生徒が部屋に入ってきたところだ。

生徒会長、放虎原《ほうこばる》ひばり。さすがの俺も顔と名前くらいは知っている。

会長は長い髪を揺らしながら、俺に微笑みかけてくる。

「生徒会室にようこそ。今日は何の用かな」

「えーと、文化祭の書類を提出に……」

それを聞き、会長は俺の手から申請書を受け取る。

「ああ、君は文芸部なのか。古都《こと》先輩は元気にしているかい」

「元気……ですね。相変わらず」

「相変わらず、か。あの人らしい」

会長は小さく笑うと、申請書にサッと目を通して机の上の書類箱に入れる。

「良く書けている。安心したまえ、申請は受理した」

あれ、イメージより優しい人だな。文芸部は生徒会に目を付けられているとか聞いてたけど、杞憂《きゆう》だったのかもしれない。

ツワブキ高校
馬剃天愛星

「ありがとうございます。それでは失礼しま——」

「申請書、志喜屋《しきや》に直してもらったのだろう」

わずかに下がる声のトーン。どことなく部屋の温度が下がったような、そんな気がする。

「え、いや、悪いところを教えてもらいましたけど、書いたのはうちの部員で……」

「別に咎《とが》めているわけではない。人に教えを乞うのも大切なことだ」

会長はカツンと靴の音をさせ、俺の前に立った。

笑顔の奥、わずかに青い瞳に俺の顔が映っている。

「3年生は間もなく引退だ。志喜屋の手前、色々と目をつぶってきたが、次からはそうもいかない」

会長は指先で俺の前髪をはじくと、話は終わったとばかりに背を向ける。

「ツワブキ生として恥じぬ行動を心がけたまえ」

「は、はいっ！」

俺は頭を下げると、逃げ出すように生徒会室を後にした。

——ツワブキ高校生徒会長、放虎原《ほうこばる》ひばり。なんか分からんがやたらと迫力がある。

冷たい瞳は射抜くような鋭い眼光を放ち、俺の髪をはじいた白い指には……なんか絆創膏《ばんそうこう》をペタペタと貼ってたな。

しかもやけにファンシーな、くまさんの可愛《かわい》い絵柄がプリントされていた気が。

それに校内なのに靴の音がしたぞ。なんであの人、上履きを履いていなかったんだ……？

気になって足を止めると、生徒会室から廊下まで声が響いてくる。

『会長、どうして靴を履いていらっしゃるんですか？』

『少しグラウンドの方に――おや、私の上履きはどこにいった。天愛星《ていあら》君、知らないか』

『い、いえ。では私がお探しします！』

……あの人たち、何の話をしてるんだ。

よく分からないけど、靴を履いているなら上履きは下駄箱にあるんじゃないかな……。

まあこの先、生徒会と関わることなんて滅多にないはずだし、関わらないのが一番だ。

俺は足を速めて生徒会室から遠ざかる――。

◇

その日の放課後。

八奈見《やなみ》に焼塩《やきしお》、小鞠《こまり》、そして俺。部室に集まった1年生は、真剣な表情で机を囲んでいた。

俺は資料を全員に配ると、改めて皆を見回す。

「えー、文芸部のツワブキ祭の展示内容が決まりました。手元の資料をご覧ください」

俺の言葉に全員が資料に注目する。

「正式テーマは『食べる読書』。有名な作家や本を、食にフォーカスして紹介します。同時に展示内容にちなんだお菓子を、簡単な解説付きで販売及び配布します」

八奈見《やなみ》は不思議そうに首をかしげる。

「配るのと売るのを両方するの？」

「ち、小さな子供には、お菓子、あげる」

小鞠《こまり》が俺の代わりに答える。俺は頷《うなず》いて話を続ける。

「去年のツワブキ祭の写真を見ると、小さな子供連れのお客さんが結構いるんだ。親子連れに休憩がてら寄ってもらえるようにと思って。さらに畳を並べて休憩スペースも作ろうかと」

早い段階から読むのを諦めた焼塩《やきしお》が、パイプ椅子に背中を預ける。

「じゃあお菓子は全員に配っちゃったら？　部費で材料費出るんでしょ」

「全員に配ると、もらうだけの人であっという間にお菓子がなくなっちゃうだろ。それと小学生以下の人にはスタンプカードを配って、全部の展示を見てもらってからお菓子をあげることにしたんだ」

研究展示は全部で4種類。大きさ1mほどの模造紙を張りだして、その横にスタンプ台を置く。子供はスタンプカードを手に、全部の展示を回るという塩梅《あんばい》だ。

八奈見は難しそうな顔で資料を見ながら、指先で髪をいじる。

「でも、スタンプだけ押してお菓子をもらっちゃう子もいるんじゃない？　小学生の私ならそうするなー」

　こいつならそうするだろうな。お祭りなんだし楽しんでもらえれば。もっと小さな子供だと、そもそも展示を読めないいんだし、雰囲気が伝わればそれでいい」

「そこまでするんなら、売らなくても良くないかな」

「お菓子を配って人を呼びました――じゃ、文芸部の活動実績として弱いだろ？　あくまでも表向きの文芸部の企画は、研究展示とそれにちなんだお菓子の販売だ。お菓子が売れなくたって、来場者がお菓子ではなく展示を見に来てくれたと主張できるし。それと小さな子供に限って配るのは、保護者と来るから来場人数を稼ぐ狙いもあるんだ」

　八奈見たちが顔を上げて俺を見る。

「おお……温水《ぬくみず》君、悪《わる》だ」

「ぬっくん悪だねぇ」

「は、反省しろ……」

　口々に俺を褒《ほ》めたたえる文芸部ガールズ。そして小鞠、なぜ俺を責める。

「細かい内容はこれから詰めるとして。研究展示の中身は小鞠が、お菓子と会場設営は俺が担当する。部誌の作成は先輩たちが手伝ってくれるから、相談しながら俺が進めるよ」

　焼塩がハイと言いながら手を上げる。

「あたしはなにすんの？　力仕事なら任せて！」

「焼塩《やきしお》はクラスと陸上部の企画があるんだろ？　前日の設営を手伝ってもらえたら助かる。大きな紙に展示の内容を書き写さないといけないし」

「分かった。抜けられるように頼んでみるよ。八奈ちゃんは大丈夫？」

「私はクラス企画だけだけど。温水《ぬくみず》君もクラスで担当あるでしょ？」

「……だっけ」

すっかり忘れてたけど、俺もクラス展示で小道具係になっていた気がする。

「小鞠《こまり》はクラスの企画、大丈夫なのか？」

「わ、私？　な、なにも言われてないから、多分、大丈夫」

微妙に不安な物言いだが、そう言うからには大丈夫なのだろう。

「それとお菓子の試作品を持ってきたんだ。みんなの意見を聞けたらなって」

俺は棚に置いておいた紙袋を——。

「あれ？　そこに紙袋置いてたんだけどな。誰か知らない？」

焼塩と小鞠の視線が八奈見《やなみ》に集まる。八奈見がツイと目を逸《そ》らす。

「八奈見さん、ひょっとして……」

「……あのお菓子、試作品だったの？」

俺が頷《うなず》くと、八奈見は開き直った笑みを浮かべる。

「大丈夫、美味《おい》しかったよ」

そうか、それは良かった。じゃあ今日の予定は終了だ。

俺はカバンを肩にかけながら立ち上がるが、女子たちは動こうとしない。

「焼塩は陸上部の練習あるんだろ。行かなくて大丈夫なのか」

「それがさ、甘夏《あまなつ》ちゃんから放課後に部室にいろって言われてるんだ。だからさっきから待ってるんだけど」

甘夏先生が焼塩に？　八奈見も頷きながら大きな瞳をクルリと回す。

「私も言われたよ。温水君は言われなかった？」

言われなかった。まあ、俺に用事があるとは限らないし。

だけど、甘夏先生が八奈見たちを文芸部の部室に集めたということは……。

その時、廊下から話し声が聞こえてきた。

近付いてきた話し声が部室の前で止まったかと思うと、勢いよく扉が開けられる。

「おお、みんな揃《そろ》ってるな」

にぎやかな登場は担任の甘夏古奈美《こなみ》。いつにも増してテンション高めだ。

「先生、部室まで来てどうしたんですか？」

「おいおい、先生に相談してきたのはお前らだろ」

相談……って、ひょっとして顧問のことか。

その勢いに押される俺たちの前、甘夏《あまなつ》先生が廊下に向かって手招きをする。

「おーい、入りなよ」

「みなさん、おじゃまします」

声の主が部室に入ってくると、部屋の空気が一変した。

しなやかな身体《からだ》のライン、スカートから伸びるストッキングに包まれた足――。

鼻をくすぐる微かな香水と化粧の香りに、頭の芯が一瞬痺《しび》れる。

「初めまして。保健室で会った顔も多いかな」

声の主は空いている椅子に座ると、俺たちの視線を受け止めながら大きく足を組む。

「文芸部顧問の小抜小夜《こぬきさよ》です。これから一緒に、素敵な時間を過ごしましょうね」

八奈見《やなみ》と焼塩《やきしお》が「おーっ」と歓声を上げ、小鞠《こまり》はおびえて部室の隅に身を隠す。

……なるほど、そうきたか。

確かに保健室の先生なら、部活の顧問を持っていなくても不思議じゃない。

しかも甘夏先生に頼んだのだから、こうなるのも当然だ。

「えっと……こちらこそ、よろしくお願いします」

俺はぎこちなく頭を下げつつも少し後悔した。

やっぱり、甘夏先生に頼むんじゃなかったな……。

Intermission　秘密の並木道

ツワブキ高校の東門から伸びるユリノキの並木道。

ひときわ大きな木の下で、二人の女子が幹を挟んで背中合わせに立っていた。

「……先輩、ツワブキ祭の準備は順調です。文芸部の企画は決まりましたし、教室の貸し出し許可も出ました。あの子は元気にやっています」

一人の女子は校章からすると1年生だ。

肩より少し長いウェーブした髪に、男子受けしそうな体型。

ブラックサンダーをかじりつつ、もう一人にスマホの写真を見せる。

横目でそれを見るのは、眼鏡をかけた3年生。後ろで二つに縛った髪を揺らし、肩越しに掌大の小袋を差し出した。

「少し安心したわ。これ、取っておいて」

——ポテトフライ、フライドチキン味。豊橋《とよはし》の誇る昔ながらの駄菓子である。

1年女子は間髪いれずに開封すると、パリパリと小気味よい音をたてて食べ始める。

「それともう一つ。あの子と同じクラスの友達に、教室での様子を聞きました」

眼鏡さんは無言でもう一つ小袋を差し出す。次はカルビ焼の味だ。

「休み時間はすぐに教室を出て、チャイムが鳴る直前に戻ってきます。教室で誰かと話しているのを見たことはなく、体育の時間も誰かとペアになったことがないそうです」

「おお……予想はしていたけど、実際に聞くと心にくるわね」

「でも、二学期になって一つだけ変化があったそうです」

「変化？」

眼鏡さんは三度小袋を差し出した。今度はじゃが塩バター味だ。

カルビ焼の味を食べ終えていた1年女子は迷わず開ける。

「昼休みはこれまでのように姿を消すけど、なにか少し楽しそう……とのことです」

この情報をどう捉えたのだろうか。

眼鏡さんはしばらく考え込んでいたが、ゆっくりと頷《うなず》いた。

「ありがとう。次の報酬も期待しておいてね」

「楽しみにしています。それでは私はこれで」

そう言い残すと、人目を避けるようにその場を離れる。

その場に残された眼鏡さんの足元に、掌に似たユリノキの葉がひらりと落ちる。

彼女はそれを拾うと、葉を透かして青い空を見上げる。

ツワブキ祭まであと十日をきっている。

もう少しだけ『あの子』の強さを信じよう――。

～2敗目～　お待たせしました姫宮華恋

文芸部の顧問が決まってから一週間が経《た》った。

当初の心配とは裏腹に、小抜《こぬき》先生は意外と面倒見が良い。

なんでも相談に乗ってくれるし、分からないことは熱心に調べてくれる。

俺と女子部員を保健室に二人きりにしようとすることとか、なんでもオシベとメシベに例えてくることくらい些細な問題だ。


月曜日の放課後。ツワブキ祭は今週の土曜日に迫っている。

保健室から教室に戻る道すがら、廊下でカボチャ頭のマスクをかぶった集団とすれ違う。

「カボチャって、同じ株に雄花と雌花が咲くんだよな……」

思わず小抜先生に聞いた豆知識が口をつく。

自家受粉を避けるためにそうなったらしいが、なぜ先生は俺が佳樹《かじゅ》の話をしている時に、そんな話をしてきたんだろうか……。

「すいませーん、そこ通して下さーい！」

その声に道をあけると、今度は魔女服に身を包んだ女子たちが巨大なホウキを抱えて俺を追い抜いていく。今回のツワブキ祭は仮装する生徒が多く、さながら学校全体がハロウィンパーティーの様相を帯びてきた。

ツワブキ祭を週末に控えて、校内は慌ただしさを増している。いつもは静かな放課後の校舎も、昼間と変わらないにぎやかさだ。

俺もこれからクラス企画の打ち合わせがある。終わったら部室にも寄らないとだし、結構忙しいぞ。

階段の前を通り過ぎようとすると、ふわりと花のような香りがする。

……なんだ？

思わず足を止めると、このフローラルな香りは階段の上から漂ってきているようだ。

何気なく見上げると、両手一杯に荷物を抱えた女子が、フラつきながら階段を下りてくるところで——。

「あわわっ！　ちょっとそこどいてっ！」

あ、このセリフ、ラノベで見たやつだ。

驚きに包まれた次の瞬間、俺は大量の荷物に押しつぶされた。

……なにが起きた。

一瞬、意識が飛んだらしい。俺は仰向けに倒れていて、目の前も真っ暗だ。

覚えている最後の記憶を呼び起こす。

廊下を歩いていたら、階段から落ちてきた荷物と女子。

柔らかくも重い塊が俺を床に押し倒して――。

「きゃぁっ！」

「なっ?!」

ぱっと視界が開けると、そこには縦に並んだ4つのリボン。

そしてリボンの上、見覚えのある整った顔は……。

「……姫宮《ひめみや》さん？」

姫宮華恋《かれん》。八奈見《やなみ》の幼馴染《おさななじみ》、袴田草介《はかまだそうすけ》の彼女。

俺が混乱したのも無理はない。

なぜなら姫宮さんは俺に馬乗りの体勢で、真っ赤な顔で胸を押さえているのだ。

ひょっとして俺の視界を覆っていた、柔らかくて弾力のある物体は……？

思わず視線が姫宮さんのリボンに向く。

それに気付いた彼女は、さらに顔を赤くして右手を大きく振りかぶった――。

◇

「ごめん！　ほんっとーにごめんなさい！」

パンと手を合わせ、姫宮さんが深々と頭を下げる。

俺はジンジンと痛む頰《ほお》を押さえながら、つられて頭を下げる。

「え、いや、あの、こちらこそ、ありがとう」

なに言ってんだ俺。

しかし女子と廊下でぶつかって、頰を叩かれるというハプニング。

あえて言おう。ラブコメか。

「温水君《ぬくみず》、痛いとこない？　コブとかできなかった？」

「え、うん、大丈夫……」

「良かった！　しばらく動かないから心配したんだよー」

姫宮さんが笑顔を見せたその瞬間。

――キラキラキラ。輝く光が姫宮さんの周りを舞いだした。多分、聞こえないだけで専用BGMも鳴っている。

思わず見惚《みと》れる俺の前で、姫宮さんは天を仰ぐ。

「あちゃー、こっちもやっちゃった」

姫宮さんは慌てて周りに散らばった黒い布を集めだす。

ひょっとして、俺とぶつかった時にぶちまけたのか。

「あの、手伝うよ。半分俺のせいだし」

俺も床に落ちた布に手を伸ばす。大きな黒い布は暗幕のようだ。

たたみ直して重ねると結構な量だな。これ、一人で運んでたのか。

「ありがと！　じゃあ半分持って」

姫宮《ひめみや》さんが、ドサリと俺に布の山を持たせてくる。

笑顔と共にキラキラと舞う光。

「えっと、あの」

「だって半分、温水《ぬくみず》君のせいなんだよね。教室まで半分運んで」

うろたえる俺に向かって、パチリとウインクする姫宮さん。危ない、眩《まぶ》しさに薄目にしてなければ即死だった。

……待てよ、つまり一緒に教室まで行く流れかな。正直、緊張するから遠慮したい。

俺は「ああ」とか「うん」とか呟《つぶや》きながら、あえて一人で歩き出す。

「ちょいちょーい！　温水君待ってよ！」

「え……なに？」

「教室行くんだし、一緒に行こうよ。温水君とは一度話をしてみたかったし」

話すといっても、姫宮さんとの接点は八奈見《やなみ》くらいだし。それとも八奈見がなにか吹き込んだのか……？

ビクビクしている俺の隣で、姫宮さんが申し訳なさそうな顔をする。

「あのー、温水君。私、あんまり話しかけない方がいい？」

「あ、いや、そんなことは」

……嘘ではない。隣を歩く姫宮華恋《かれん》に照れているだけだ。

彼女のフワッとした女の子オーラは、八奈見とは次元が違う。

テレビで例えれば、４Ｋって凄《すご》いと思ってたら、有機ＥＬの８Ｋテレビが出てきたようなものだ。しかも、どこがとは言わないがサイズも１００インチ級だ。

「ねえ、温水君とこうやって話をするのって初めてだよね」

「そういえば……そうかな」

前から歩いてきた男子生徒を避けながら、姫宮華恋は自然に俺との距離を詰めてきた。

「温水君、草介《そうすけ》や杏菜《あんな》と仲いいんだよね。二人からいつも話を聞くから、勝手に親近感を覚えてたんだ」

「えっと、袴田《はかまだ》とはたまに話をするけど友達というほどじゃ……」

「ふうん、そうなんだ。じゃあ私とまとめて友達になろうよ」

明るく言って、キラキラと光を放つ姫宮華恋。

え、友達ってそんなものなのか。しかも彼氏の友達、勝手に作っていいんだ……。

「いや、あの、いきなりそんな」

「迷惑だった？」

「そういうわけではないけど……」

「じゃ決まりだね。よろしく、温水君《ぬくみず》」

「はあ……」

なんか姫宮《ひめみや》さん、光属性の押しの強さというかなんというか……八奈見《やなみ》とは違うなにかがあるな。

と、姫宮さんは周りを見回すと上半身を傾けてきた。

長い髪がさらりと揺れて、香水かなにかの香りが鼻をくすぐる。

「じゃあ、お友達の温水君。最近、杏菜《あんな》の様子が変じゃないですか？」

「……変？　八奈見さんが？」

いつも変だが、さらにどうかしたのだろうか。

可愛《かわい》らしくウンと頷《うなず》く姫宮さん。

「だって杏菜、最近は駅ビルのタコヤキも、１５個入りじゃなくて１２個入り買うし」

まだ多い。

ツッコミきれずに黙っていると、姫宮さんは心配そうな口調で言葉を繋ぐ。

「この間なんて杏菜とご飯食べに行ったら、大盛無料を断ったんだよ？　おかしいよ、絶対元気ないって」

それは多分、夏頃に提唱した八奈見式ダイエットに失敗したからではなかろうか。でも八奈見、俺の前では今まで通りの食べっぷりだよな……。

八奈見の食生活について考えていると、姫宮さんはしょんぼりと顔を伏せる。

「……うん、私が言うなって感じだよね」

「あー……それはまあ……」

自覚があるならいいことだ。

それよりこの人、なんか気になること言ったな。

「最近、八奈見さんとよく遊ぶの？」

「二学期に入ってから、またよく遊ぶようになったかな。温水君も一緒にどう？」

「あ、いや、別にいいです」

俺の答えに目を丸くする姫宮さん。

「あれ、温水君って部活も一緒だし、杏菜と仲いいと思ってたんだけど」

仲がいいかは分からんが、他の友達と一緒のところに俺が入らなくてもいいだろう。俺は百《ゆ》合《り》と堅気には挟まらないと決めている。

「俺が入ると微妙な雰囲気になるから……」

「えー、そんなこと気をつかわなくていいよー」

姫宮さんがコロコロと笑う。

「反対にさ、私が杏菜《あんな》に気をつかわせちゃってるかなーって不安でね。温水君《ぬくみず》がいたら、杏菜も喜ぶんじゃないかなって」

俺より肉巻きおにぎりでも置いといた方が喜ぶぞ。

「えっとさ、八奈見《やなみ》さんは彼女なりに色々考えてるみたいだし。今まで通りにしてあげればいいんじゃないかな」

そう言って、横目で姫宮《ひめみや》さんの様子を見る。

……やっぱこの人、相当可愛《かわい》い。

八奈見よりも背は高いが、なんか全体的にいろんなパーツが細かくて繊細だ。一部は八奈見より大きいし、なによりキラキラしてる。

と、姫宮さんが俺をじっと見つめてくる。

「な、なに……?」

「ほほー。杏菜のこと、よく見てるんだね」

「見てるというか視界に入ってくるというか」

「温水君って、杏菜から話を聞いた通り。やっぱりいい人だね」

言ってクスクスと笑う姫宮さん。

そんなことを話しているうちに教室だ。なぜかホッとする自分がそこにいる。

中に入ろうとすると、一人の女子が入り口をふさぐように立っている。

「あ、4K――」

じゃない、八奈見だ。思わずもれた一言に、八奈見が片眉を上げながら振り返る。

「よんけー？」

「いや、なんでもない」

「華恋《かれん》ちゃんと一緒なんだ。珍しい組み合わせだね」

言いながら俺の手から暗幕を受け取る八奈見。

「ふふっ、ちょうどそこで会ったの。運ぶの手伝ってもらったんだよね？」

姫宮さんはパチリと片目をつぶってみせる。

俺との間に流れる空気に、不思議そうな顔をする八奈見。

「ふうん、まあいいや。そういえば野々村《ののむら》さんが温水君を探してたよ。係の打ち合わせあるんでしょ？」

野々村さん……？　同じ小道具係の女子だっけ。

教室を見回すと、離れたところに立っていた野々村さんが低く呟《つぶや》く。

「……温水君、打ち合わせ始まります」

「あ、ごめん」

野々村さんは俺の返事も待たずに踵《きびす》を返す。

クラスの女子で一番背が高くて目立つはずなのに、この薄い存在感。シンパシーを感じざるをえない。

「手伝ってくれてありがとね！」

「それじゃーね、温水君《ぬくみず》」

合わせて12Kコンビが立ち去ると、俺は野々村《ののむら》さんに続いて小道具係の集まる一角の椅子に座る。

係は俺も入れて4名。残る二人は男子だが、やはり存在感が薄めのメンツだ。

野々村さんが手元を見たまま、ボソボソと話し出す。

「……みんな揃《そろ》ったので説明を始めます。辻ハロウィンに必要な小道具ですが、印刷したイラストを段ボールに貼って、カッターで切り抜いてください。作成するリストと材料はここにあります。金曜日の朝までにお願いします」

一気に言い切ると、野々村さんは自分の材料を持って立ち上がる。残る二人も無言で材料を手に取ると、自分の席に戻る。

なんという合理主義。姫宮《ひめみや》ワールドの直後だと、まるで実家のような安心感だ。

俺も自分の席に戻ると、リストを確認する。

コウモリと蜘蛛《くも》の巣が5個と、カボチャとジャック・オー・ランタンが10個か。

「カボチャ多いな……」

きっと八奈見《やなみ》の意見が通ったに違いない。

試しに一つ作ってみたが、俺のカボチャ結構可愛《かわい》いぞ。

さて、続きは家でやるとしよう。部室に行かないと小鞠《こまり》がうるさい。

俺は材料を手提げ袋に入れて立ち上がる。

教室から出るときに小道具班の様子を窺《うかが》うと、みんな自分の席で黙々と作業を続けている。

……この班、落ち着くな。

◇

部室の扉を開くと、中には小鞠が一人。ノートに何かを書き込んでいる。

俺に気付くとノートをパタンと閉じた。

「お、遅いぞ。なにやってた」

「小抜《こぬき》先生に進捗報告と、クラス企画の打ち合わせだ。小鞠、クラスの方は本当に大丈夫なのか？」

向かいに腰かける俺を、小鞠がじろりと見上げてくる。

「だ、だから、クラス、何も声かけられて、ない」

「お、おう……そうだったな。じゃあさっそく、お菓子を見てくれ」

八奈見《やなみ》のスケジュールはチェック済。俺は扉に鍵をかけると、カバンから袋を取り出す。

この週末、佳樹《かじゅ》と試作を繰り返したお菓子の完成版を持ってきたのだ。

今回の展示に合わせて、お菓子は４種類。

一つ目は夏目漱石のエピソードにちなんでいる。

「まずは漱石が好きだった落花生の砂糖がけだ。ココアパウダーで今風にアレンジしてみたから、味をみてくれ」

袋を差し出すと、小鞠は恐る恐る口に入れる。

「お、美味《おい》しい。こ、これ、温水《ぬくみず》がつくったのか」

「いや、妹が作った。他のお菓子もだ」

「お、お前は、何をしたんだ……？」

「食器を洗ったり、肩をもんだりしたぞ。あ、ラッピングは俺がしたからな」

小鞠も納得したようなので、次のお菓子を取り出す。

二つ目は太宰治の小説『桜桃』だ。

「次は桜桃だから、さくらんぼのパウンドケーキ。味的には一番のお勧めだな」

ラッピングした小袋を、目を細めて見つめる小鞠。

「マ、マーブル模様……？　綺麗《きれい》、だな」

「ダークチェリーの缶詰を使って、シロップで色付けしたんだ。妹が」

「……い、いっそのこと妹と中身を入れ替えたらどうだ」

その場合、俺が女子中学生になるのか。そんな世界線も悪くない。

妄想ストーリーを脳内で展開しつつ、俺は残りのお菓子を小鞠《こまり》に差し出す。

「残る二つは絵本だ。まずは『スイミー』」

「さ、魚のクッキーか」

スイミーは一匹だけ色の違う小魚が主人公の絵本。袋の中のクッキーには、一つだけチョコ味を混ぜてある。原作を再現しつつ、材料費も抑える手段である。

「なんか、い、いい匂いする。なに、入れた？」

「えーと。なんか分からんが、妹が小さな瓶を振ってたな」

「ホ、ホントにお前、何もしてないんだな……」

失礼だな。佳樹《かじゅ》の代わりに洗濯物を取り込んだんだぞ。

そして最後の『ぐりとぐら』は、二匹の野ねずみが主人公の絵本だ。

森で見つけた卵を使ってフライパンで作るカステラが、子供心に印象的だった記憶がある。

「お菓子は小さな玉子カステラなんだけど、フライパン型の紙カップを見つけたんだ。持ち手が別に付いてるから、焼き上がってから付ければ」

「え、絵本のまんまだ……」

小鞠が目を輝かせてミニカステラを手に取る。

「お、お前の妹、凄《すご》いな」

「この容器、俺が見つけたし。少しは俺を褒《ほ》めていいんだぞ？」

罵倒《ばとう》が返ってくるかと思いきや、小鞠は締まりのない笑顔をみせる。

「ぬ、温水《ぬくみず》、や、やるじゃないか」

「お、おう。俺も長男だし、本気を出せばこんなもんだ」

どうした小鞠。褒められ慣れてないから、対応に困るな……。

居心地悪くソワソワしてると、小鞠がミニカステラをカバンにしまおうとしている。

「試食しないのか？」

「う、うち、チビスケいるから、持って帰る」

そういや小鞠、弟と妹がいたっけ。

「じゃ、全部持って帰ればどうだ」

「うぇ？　ふ、二つあれば、大丈夫」

「だって小鞠の分もいれたら三ついるだろ」

俺は強引に小鞠にお菓子を押し付ける。

部室に置いといても八奈見《やなみ》に食われるだけだし、ある意味ダイエットの手伝いだ。

「じゃあ、お菓子はこれで決まりだな。今晩から本格的に作り始めて、前日に持ってくるよ」

「あ、あと、レシピと料理中の写真を」

「分かった。まとめとく」

よし、これで打ち合わせも完了だ。八奈見《やなみ》がいないだけで、ずいぶんと捗《はかど》るな……。

「俺、少し部室で作業してくけど小鞠《こまり》はどうする」

「わ、私、図書館に本を返しに行く。し、調べ終わったから」

研究展示に使う本だろう。テーブルの上に分厚い本が積まれている。

小鞠は本を大きなトートバッグに入れて立とうとするが、よろめいて椅子にへたり込む。

「大丈夫か？」

「だ、大丈夫。少し、重かっただけ」

何とか立ち上がるが、足元がヨロヨロしている。

「お前、どうやってそんなに持ってきたんだよ」

「が、学校のコピー機の方が安いから使いたくて、少しずつ部室に持ってきた。きょ、今日、返さないと」

仕方ない。俺は席を立つと、小鞠のバッグを持つ。

「俺も半分持つよ。どこの図書館に返すんだ？」

「ちゅ、中央図書館。帰り道、だから」

そこまで言って、小鞠が不審げに俺を見る。

「うぇ……？　あの、ぬ、温水《ぬくみず》も来るのか？」

「だって小鞠、自転車じゃん。一人じゃ絶対転ぶぞ」

バッグを持ったまま部室を出ようとするが、小鞠は何か言いたげにモジモジしている。

「気になるなら、離れて行くから」

「そ、そうじゃなくて、お前、自転車ないだろ」

……そういやそうだ。だからって図書館まで歩いて行くのはさすがに疲れるな。

「すまない小鞠。俺には荷が重かったようだ」

バッグを返そうとすると、小鞠はゴミでも見るような目を向けてくる。

「お、お前、言ったからには責任、とれ」

そう、この視線だ。いつもの小鞠が戻ってきた。だけど自転車ないしな……。

そんなことを考えている俺の脳裏に、一人の顔が浮かんできた。

◇

D組の教室から出てきた綾野《あやの》は、俺に自転車の鍵を差し出した。

「遠慮せずに使ってくれ。遅くなっても構わないぞ」

相変わらずの人好きのする笑顔は、男の俺でも惚《ほ》れそうだ。

「ありがと。用事済ませたら、すぐ戻ってくるからさ」

「学校に戻らなくていいなら、そのまま乗って行ってくれないか」

「綾野《あやの》は帰り、どうするんだ？」

戸惑う俺に、綾野は意味ありげな表情を向けてくる。

「俺が自転車通学で千早《ちはや》が電車だろ？　一度一緒に電車で下校したくてさ」

……隙あらばノロケだ。レンタル料と割り切って大人しく聞くことにする。

「こないだ自転車の二人乗りで帰ってさ。本当はダメなんだけど、千早のやつがどうしてもって言うから、俺も断り切れなくて。それで次は一緒に電車で帰りましょうって――」

よし、料金分は話を聞いたぞ。俺は自転車の鍵をかざして、話をさえぎる。

「悪い、助かるよ。それで自転車は家まで届ければいいのか？」

「駅前の塾の自転車置き場に置いといてくれ。鍵はスペア持ってるし」

もう一度礼を言うと、俺は自転車置き場に向かう。

そこには白いヘルメットをかぶった小鞠《こまり》が、眠そうな目でぼんやりと立っている。

「待たせたな。自転車借りれたぞ」

「お、遅い、早く行くぞ」

小鞠は待ちかねたとばかりに自分の自転車にまたがる。

ん……ひょっとしてこれって。

「小鞠、少し待ってくれ」

「ど、どうした温水《ぬくみず》」

よく考えると、これって女子との下校イベントではなかろうか。ラノベなら、後半の盛り上げどころに向けての重要なシーンだ。

初の異性との下校シーン。それをこんなに雑に消化してもいいのか……？

「……すまない小鞠。お前も初めてだろうに、俺相手にこんな適当な感じで」

「な、なに気持ち悪いこと、言いだした……？」

小鞠は露骨に嫌な顔で自転車をこぎ出す。

「ぬ、温水は、離れて来い。き、気持ち悪いから」

「気持ち悪いは余計だろ……」

キモイより気持ち悪いの方が、なんか心にくる。

俺はそんなことを考えながら、小鞠の後について自転車をこぎ出した。

◇

豊橋《とよはし》市中央図書館。市内最大の図書館だ。

最近、駅前にオシャレな図書館ができたが、歴史あるこの建物も、子供のころから通っているので愛着がある。

本を返し終えた小鞠は、カウンターの横を抜けて児童室に入っていく。

「せっかく返したのにまた借りてくのか」

「て、展示の原稿用に、次は絵本借りないと。あ、あと、うちのチビスケに」

小鞠《こまり》は絵本の棚の前にしゃがみ込む。

目を細めて絵本のタイトルを見つめる小鞠の横顔。

少し疲れて見えるのは気のせいではないだろう。

「展示の進み具合はどうだ」

「も、もう少しかかる」

言って、気まずそうに背を丸める小鞠。

研究展示は縦が1mもある模造紙《もぞうし》に、小鞠が書いた原稿を手書きで書き写す予定だ。

ツワブキ祭は今週の土曜日。前日の金曜日は準備のために授業がないが、展示は4種類もある。できれば早めに準備を始めたい。

「一つくらい俺が担当するぞ」

絵本を手に、小鞠がジト目で俺を見る。

「お、お前、部誌の原稿できてないだろ。か、書け」

「……はい、書きます」

部誌の締め切りを守らない部員に人権はない。

俺はそれ以上言うのをやめ、小鞠が開いている絵本をのぞき込む。

夜更かしをする子供の前に、オバケがでてくる内容だ。

「その絵本なつかしいな。最後どうなるんだっけ」

「オ、オバケにされて、さらわれる」

すがすがしいほどのバッドエンドだ。

小鞠は絵本を数冊小脇に挟むと、満足げな表情で立ち上がる。

「展示と関係ない絵本も、結構借りるんだな」

「ち、小さい方のチビスケ、寝る前に絵本読まないと、寝てくれない」

カウンターに向かっていた小鞠が足を止める。

「どうした、忘れ物でも――」

「ちょ、ちょっと、頭下げろ」

小鞠はいきなり俺の制服を下に引っ張る。

「ちょっ、いきなりどうした」

「せ、先輩たち、いる」

「先輩?」

書棚の陰からこっそりのぞくと、カウンター正面の階段から、玉木《たまき》部長と月之木《つきのき》先輩が下りてくるところだ。

「別に隠れなくても――」

言いかけた言葉は舌の上で消える。

手を繋いで楽しそうに歩く二人は、学校で見るときよりも随分と大人びて見える。身をかがめる小鞠《こまり》の小さな肩。絵本を胸で抱きしめる細い腕。

……自分を振った相手が、仲の良い先輩と仲睦《むつ》まじく歩いている。

そこに顔を出すのは——多分、いまの小鞠にとってひどくみじめなことなのだろう。

あの二人に限って小鞠を拒絶したりはしないはずだ。

出て行けば、むしろ喜んでくれるかもしれない。

だからこそ、しかも俺と一緒にいる自分の姿を見せたくないに違いない。

……二人が姿を消しても、小鞠は書棚の陰でじっと固まっていた。

中腰の体勢に疲れ始めた頃、俺は言葉を選びながら口に出す。

「えっと……先輩たち、三階の学習室にでもいたんじゃないかな。ほら、受験勉強で」

何の意味もないセリフ。

だけどその言葉をきっかけに、小鞠がゆっくりと身体《からだ》を起こす。

「ほ、本、借りてくる」

カウンターに本を置く小さな身体。

小鞠は司書の人に話しかけられて、あたふたと身振り手振りで説明している。その姿は、いつもと違って微笑ましさよりも、心もとなさばかりを伝えてくる。

手続きを済ませて戻ってきた小鞠は、いつもの伏せがちな視線でボソリと呟《つぶや》いた。

「じゃ、じゃあ、私、帰って展示の原稿書く、から」

「えっと……小鞠、ちょっといいか」

立ち去ろうとする小鞠の背中に向かって、反射的に言葉が口をつく。

……あれ、俺はなんで小鞠を呼び止めたんだろ。

「うぇ？　な、なに？」

戸惑うように振り向く小鞠。俺は出たとこ勝負で言葉を続ける。

「この先、国道に出たところにファミレスあるよな。ちょっと寄ってかないか」

小鞠は訝《いぶか》しむような表情で俺を見る。

「で、でも、お金ないし……」

「じゃあ俺、奢《おご》るし」

「な、なんで？」

……確かに。

いきなり奢るとか言われても困るよな。八奈見《やなみ》じゃあるまいし。

「ほら、あそこのデザート食べたくてさ。一人だと人の目が気になるじゃん？」

「お、お前、そういうの気にしないだろ」

ああ、その通りだ。半端に俺を知ってる相手だとやりにくい。

「とにかく、付き合ってくれ！　なんでも頼んでいいから」

「えっ、あの……べ、別に構わない、けど」

勢いに押されて小鞠《こまり》が頷《うなず》いたのを見て、俺は内心ホッとする。

なぜ小鞠を誘ったのか、そんなのはどうでもいい。

なんとなく小鞠を一人で帰らせたくなかった。理由なんてそれで十分だ。

◇

ツワブキ生の少ない、行きつけのファミレス。

俺はココアを一口すすると、正面に座る小鞠の様子をうかがう。

小鞠は戸惑いの表情で、ホットいちごオレのカップを抱えている。

……この席、初めて八奈見《やなみ》と会った時の席だな。

「プリンソフトお待たせしましたーっ！」

相変わらず元気な店員さんが小鞠の前に容器を置く。

「の、飲み物だけでよかったのに」

やれやれ、小鞠のやつ分かっていないな。

「いいか、料理を頼むとドリンクバーが割引になるんだ。つまり、料理を頼むと反対にお金をもらえる……そういう考え方もできるんだ」

「な、なんで急に八奈見みたいなこと、言いだした？」

え、いまの八奈見っぽかったか。そうか……凹むな……。

小鞠は少し寄り目でプリンの表面を凝視しつつ、慎重にスプーンを入れる。

「ぬ、温水《ぬくみず》。わ、私に気をつかってるだろ」

「いやまあ、あんなとこ出くわしたから、ちょっとはさ」

「き、気にしてない。ふ、二人、付き合ってるから、手を繋いだりは普通」

眉をしかめて俺を睨《にら》みつける小鞠。

「が、学校でも、二人いつも一緒だし」

「だけどさ、学校の外ってなんか違うじゃん」

俺は冷め始めたココアを大きくあおる。

「学校って、なんだかんだで同じ空間にいるわけだろ。外だと、俺たちの知らない世界にいるっていうか。二人だけの場所がそこにあるんだなって」

……余計なことまでしゃべり過ぎた。

俺は気まずさから逃げるように、カップの中に視線を落とす。

小鞠は無言でプリンをスプーンですくっている。

「山盛りポテトフライお待たせしましたーっ！」

再び店員さんの明るい声が響く。

テーブルに置かれた大皿を見て、あきれた表情をする小鞠《こまり》。

「お、お前、デザート食べるんじゃなかったのか」

「八奈見《やなみ》さんはデザートにハンバーグいくからな。比べたらポテトは完全にスイーツだ」

俺がポテトを勧めると、小鞠はためらいながら短い一本を指先でつまむ。

「と、図書館のこと、勘違いするな。ふ、二人が一緒だったから隠れたわけじゃ、ない」

小鞠は迷った挙句、ポテトを自分の皿に置く。

「い、一学期、私もあの中にいた、から――」

顔を伏せ、独り言にも似た小さな声で。

「わ、私がそこにいなくなったのが……寂しい」

今度は小鞠がしゃべり過ぎたと思ったのか、照れ隠しにいちごオレを一気に飲もうとして、小さく「熱っ」と呟《つぶや》く。

……小鞠は夏休み前に部長に振られた。

いまさら言うことでもないし、小鞠なりに納得しているのも分かる。

変わらず部長とも、その彼女の月之木《つきのき》先輩とも仲が良い。

なんの問題もない。小鞠の恋はちゃんと結末を迎えて、後始末も完璧だ。

完璧すぎるほどに。

「……わ、私、４月に入部して、ふ、二人とも仲良くしてくれて」

小鞠は水のグラスを静かに置いた。

「ク、クラス、友達いないから、たくさん構ってくれて。が、学校、こんな楽しいの初めてで」

形の崩れたプリンを見つめながら、小鞠が自嘲気味に力なく微笑む。

「も、元に戻っちゃった……」

長い沈黙。

俺はカップを空にすると、口を開く。

「月之木先輩、受験勉強の息抜きで、いつでも相手してくれると思うぞ」

「部長だって、お前を避けたりしてないし」

「う、うん」

「分かってる、けど」

うつむいた小鞠の前髪が、目元を暗く隠す。

「こ、告白しなかったら、もう少し、さ、三人一緒にいられたのかな、って」

俺は何も言えずに、そのまま黙り続ける。

気まずさが二人の間を満たす直前、小鞠が再び口を開く。

「ツ、ツワブキ祭、終わったら先輩たち、いなくなるから。ひ、一人で大丈夫にならないと、いけないから」

……俺がいる、と言えるほどの仲でもないし、それだけの自信もない。

「できることがあれば、いつでも言ってくれ」

俺にできるのは、こんな当たり障りのないセリフを言うことくらいだ。

小鞠《こまり》は首を横に振る。

「ぶ、部長会も活動報告も。一人で、できる」

そして、自分に言い聞かせるように小さな声でつけ加えた。

「一人で、しないと」

……俺たちの横を、他校生が笑いながら通り過ぎていく。

店内の客が減ったのを見計らったかのように、小鞠が立ち上がる。

「じゃ、じゃあ私、そろそろ帰る」

「そうだな。俺も帰るか」

会計を済ませて店を出ると、外はすっかり暗くなっていた。

風が出てきている。

西風は冬の気配を含んでいて、俺は自転車の鍵を開ける小鞠の風上に立つ。

「ご、ごちそうさま。奢《おご》って、くれて」

「こっちこそありがとな。なんか付き合わせちゃって」

気をつかい合うような言葉を交わす。

なんとなく居心地が悪く、俺はその場で背を向けてスマホを取り出す。

佳樹《かじゅ》からのメッセを確認しながら、俺は溜息をついた。

八奈見《やなみ》の時も焼塩《やきしお》の時も俺はそこにいただけだ。何かができたわけじゃない。

いつものように何もできなくて。

いつものように余計な口出しをしようとして。

そんなことを考えながらスマホに返事を入れていると、

──トン。

背中に身体《からだ》が当たる感触がする。

「……小鞠？」

「ご、ごめん。ちょ、ちょっと寝不足で、フラついた」

小鞠は俺の背中を押しやるように離れると、そのまま自転車にまたがる。

「おい、大丈夫か」

「だ、大丈夫。家、近いし」

小鞠はヘルメットを深くかぶると、フラフラとペダルをこぎだす。

俺はその後ろ姿を見送りながら、さっきの小鞠の言葉を思い返す。

寝不足でフラついた。確かに小鞠はそう言った。でもあれは。

落ち込んだ時の佳樹《かじゅ》が、俺の背中にもたれてくる。

——その時の重みと同じだった。

◇

二日後の水曜日。ツワブキ祭を土曜日に控え、準備は佳境に入っている。

俺も例外ではなく、教室の一角で黙々と作業を続けていた。

「カボチャはこれで終わり、っと。次はコウモリだな」

机の隅にカボチャの飾りを積み重ねると、俺は教室を見回す。

教室の後ろは暗幕で区切って、男女別の更衣室になっている。

八奈見《やなみ》を始めとしたクラスのトップ層が現在、衣装合わせの真っ最中だ。

そして教室の黒板前では、大道具班が作業中。

辻ハロウィンで行う寸劇の舞台背景は横断幕を使うらしい。

横長の大きな布に絵や飾りをつけて、広げることでどんな場所でも舞台に変えるのだ。俺がいま作っているコウモリも横断幕を彩るのだろう。

文芸部の展示準備も遅れ気味だが進んでいて、部誌の原稿も月之木《つきのき》先輩を残すだけだ。

……小鞠《こまり》と一緒に図書館に行った帰り道。もれだした小鞠の弱音。

今日は一人で部室にいるのだろうか。

どことなく落ち着かずにカッターを握っていると、背後から歓声が上がった。

俺は手を止めて振り返る。注目を浴びながら姿を現したのは姫宮華恋《ひめみやかれん》だ。

彼女の格好は黒とピンクを基調としたミニスカートのワンピースで、悪魔娘をイメージしているようだ。

……それにしても姫宮さん、なんか凄《すご》いな。

縮尺のおかしな胸元は仕方ないとして、ハート柄のタイツとか、先がハートマークになった尻尾とか――。

悪魔は悪魔でも、なんかサキュバスっぽくないかな……ホントにあれ大丈夫か……？

俺が一人でソワソワしていると、次に姿を現したのは袴田草介《はかまだそうすけ》。

燕尾のベストに、黒いマント。ヴァンパイアの扮装《ふんそう》だ。

袴田はスタイルもいいし、姫宮さんと並ぶとやたら絵になる。

「八奈見さんには悪いけど、あの二人お似合いだな……」

思わず呟《つぶや》いた俺の視界に、白い影が滑り込んできた。

「ん？　私を呼んだ？」

気の抜けた声と共に現れたのは八奈見杏菜《あんな》。

白い和服に身を包み、俺の前で袖《そで》を持ってクルリと一回転。

「ほら、どうどう？　なかなかのものでしょ」

「えっと、その恰好は……」

和装の白装束に額には三角の紙。つまりこれは──。

「死体のコスプレ……？」

「幽霊です！　温水《ぬくみず》君、なに言った⁈　こんな健康的な死体ある⁈」

健康的な幽霊もいないだろ。

「それは分かったけど……なんで幽霊の格好を？」

「ほら、日本の幽霊って儚《はかな》げなイメージあるでしょ？　私も冬に向けて、そんな感じでいこかなって」

儚げで健康的……。まあ、それはそれでありかもしれない。

世の中の萌えは常に更新されているのだ。八奈見《やなみ》にも頑張ってもらいたい。

と、なぜか八奈見が俺を不思議そうに見つめている。

「え……なに？」

「温水君って教室で話しかけると、なんかぎこちないよね。いつもの彫刻刀みたいに人の心をえぐる毒舌はどこいったのよ」

「俺、いつもそんなんだっけ」

「うん、まあ」

「へえ、そうか……」

「うん、そうだよ……」

八奈見はヤレヤレと言わんばかりに肩をすくめる。

「今日の温水君、なんか調子狂うなー」

俺なんか八奈見に出会って以来、狂わされっぱなしなのに。

「まあいいや。温水君、小道具係でしょ。ちょっとお願いがあって」

八奈見は机の上からカボチャのカードを取ると、肩の上に乗せてみせる。

「せっかくだから幽霊っぽさを足したいっていうかさ。こんな感じで何個か人魂を作ってくれない？」

「いいけど。どのくらいの大きさ？」

「んーと、手ごろな食べきりサイズと言うか、その辺で」

こいつの食べきりサイズ……バレーボールくらいでいいのだろうか。

「あー、うん。分かった。適当に作っとくよ」

「おい八奈見、練習始まるぞ」

割り込むように男子生徒が口を挟んできた。

新選組の格好をした男子は、確か西川《にしかわ》とかいったか。

「はーい、いま行くよ。それじゃ温水君、頼んだねー」

手をヒラヒラと振って立ち去る八奈見《やなみ》。

西川《にしかわ》はなぜか俺をジロリと睨《にら》んでから、その後に続く。

……なんだ？　人魂を作って欲しい——わけじゃないよな。

あんな感じだが、八奈見はモテる。つまりはそういうことなのだろう。

確かに八奈見は可愛《かわい》いが、それ目当ての男というのもどうかな……。

なんとなくモヤモヤしながらコウモリを切り抜いていると、手元に影が差しかかる。

「ぬっくん、どう？　怖いでしょ？」

やれやれ、今度は焼塩《やきしお》か。顔を上げるとそこには丸いヘソ。

身体《からだ》に包帯を巻いた焼塩が、俺に両手をかざしている。

「焼塩、人前なんだからお腹は隠した方がいいぞ」

「ミイラ男だからこんなもんだよ。ほら、よく出来てるでしょ？」

それにしても露出が多い。胸と腰回りだけに包帯を巻いていて、まるで水着だ。

身体のラインも、やけにはっきり出ていて——あれ、ひょっとして。

「焼塩お前、包帯の下になにもつけてないのか……？」

「そうだけど、なんか問題ある？　だってちゃんと隠れてる——」

言い終わるが早いか、クラスの女子連中が焼塩を取り囲む。

『檸檬《れもん》、ちょっとおいで』『はい、アウトー』『おら男子、こっち見てんじゃねえぞ』

「え？　みんなどうしたの？　ちょっと、ねえ」

女子の壁に囲まれた焼塩《やきしお》が更衣室に姿を消す。

……うん、あれはちょっとハロウィンといえども悪戯《いたずら》が過ぎる。

目に焼き付いた光景をじっくり噛《か》みしめていると、向かいの席にマントをひるがえしてヴァンパイアが腰を下ろす。

「温水《ぬくみず》、今の見たか？　俺は女子ガードでほとんど見えなくてさ」

袴田草介《はかまだそうすけ》が声をひそめて聞いてくる。

「いやまあ、正面だったし。一通りは」

「マジか。どうだった？」

なんという直球。袴田、相変わらずナイスガイだ。

「正直なところ——凄《すご》かった」

「そうかぁ！　俺は一歩遅かったなー」

悔しそうに頭を抱える袴田の背後に、二つの影が忍び寄る。

「「そ・う・す・け！」」

12Kコンビ、八奈見《やなみ》と姫宮《ひめみや》さんの登場だ。

「杏菜《あんな》、これはお説教だね」

「だね。華恋《かれん》ちゃん、そっち持って」

二人は左右から袴田の腕をつかむと、有無を言わせず引きずっていく。

「待て、俺は何も見てないって！」

幽霊と悪魔に連行されるヴァンパイア。

やはり主人公は絵面も派手だな。背景の俺はおとなしくコウモリでも切り抜くとするか。

ん？　なんか八奈見が俺をジト目で見ているぞ。

「温水君も、後で話があるからね」

……なんで俺まで。

俺はコウモリのつぶらな瞳を見つめながら、深く溜息をついた。

◇

翌日の放課後。ツワブキ祭まで、あと二日に迫った木曜日。

俺は玉木《たまき》部長と学校の印刷室にいた。月之木《つきのき》先輩を最後に原稿が全て集まったので、部誌を印刷しに来たのだ。

複写機から次々と吐き出される紙を見ながら、部長は操作盤のボタンを押す。

「――印刷が終わったら、枚数を帳簿に書いて職員室に出すんだ。細かいことは最後に教えるから」

印刷機の使い方を説明すると、部長は原稿を手に椅子に座る。

「古都《こと》のやつ、やっぱり新作書いてたんだな。俺には昔のを載せると言ってたのに」

「あーでも、今回は濡《ぬ》れ場はないですよ。一般に配布しますから、先輩も空気を読んでくれたというか」

「いつも空気読んでくれないかな……」

部長は疲れた瞳で原稿を眺める。

男女交際もいいことばかりではないようだ。

複写機の音をＢＧＭに、俺は試し刷りした先輩の小説に目を落とす――。

文芸部活動報告　～秋報　月之木《つきのき》古都『沈黙の蟹《かに》』

異世界の港町。

薄暗い一角に『揺らぐ月影亭』と書かれた看板を掲げた、大きな酒場が建っていた。

両開きの扉を開けると、そこは吹き抜けの大広間になっていて、エール酒のジョッキを掲げた冒険者たちが大声を上げている。

広間の奥、扉を一枚隔てた個室では和服姿の男が一人、テーブルで肘《ひじ》をついていた。

男は不味《まず》そうにジョッキのエール酒をちびりと舐《な》めると、魚の煮物を口に放り込む。そして顔をしかめながら、再びエールをちびりと啜《すす》る。

何度かそれを繰り返した頃、個室の樫《かし》の扉が開いた。どっと流れ込む大声を背に、軍服姿の男が部屋に入ってくる。

「待ちくたびれたぞ三島君。見ろ、不味いエールも二杯目だ」

和服の男は早くも酔い始めた顔でジョッキを掲げた。

「僕にも用事があるんですよ。太宰さんはいつも急だから」

軍服姿の三島が向かいの椅子に座ると、軍刀がガチャリと音をたてる。

「用事とは悪だくみだろう。先日は君に紹介された川端さんにだまされて、世界の端から端まで歩いたんだぞ。かくしてセリヌンティウスは、官憲に身を堕としたメロスに裏切られたというわけだ」

太宰はジョッキの中身を飲み干すと三島を睨《にら》む。

「機嫌を直してください。お詫《わ》びというわけではないですが、頼まれたものを持ってきました」

三島は苦笑いをしながら、硝子《ガラス》の小瓶を太宰に差し出す。

受け取って蓋を開けると、中には白く透き通った粉が詰まっている。太宰は今日一番嬉しそうな顔をすると、粉を指に付けてぺろりと舐めた。

「こいつは驚いた。本物の味の素と寸分たがわないじゃないか」

「苦労しましたよ。しかし異世界まで来てこんなものを作らせるとは、太宰さんも物好きだ」

「こんなものというがね、エルフは存外気が利くが、食い物だけはてんで駄目《だめ》なんだ。いや、この世界は酒も飯もなっちゃいない」

太宰は小瓶を皿の上にかざすと、味の素をさらさらと雪のように振りかける。

「俺がこの世界で確信を持てるのは、絶対に味の素だけなんだ」

無闇にかけ回して満足したのだろう。太宰は小瓶の蓋を慎重に閉めると袂《たもと》に入れた。

「三島君も喉《のど》が渇いただろう。今日は飲め、実は日本酒があるんだ」

太宰が大きく手を打ち鳴らすと、燭台《しょくだい》に照らされたテーブルの影の中から、黒く染め抜かれた娘の姿がスクと立ちあがった。三島は思わず刀の柄に手をかける。

影娘はそれに構わぬように、黙って小さな陶器の酒瓶を取り出した。

「燗《かん》をつけるのに随分待たされた。さて、さっそくやろうじゃないか」

太宰が杯を差し出すと、影娘が酒を注ぐ。

影娘は三島に酒瓶を向ける。三島は気が進まぬように杯を手に取った。

「三島君は案外怖がりなんだな」

「塗り潰した墨絵に酌《しゃく》をされているようで、どうにも落ち着きません」

三島は注がれた酒を一息に飲み干す。

「あまり怖がるのは失礼だぞ。この娘は目や鼻どころか顔の凹凸すら分からぬが、案外器量が良いとふんでいる」

太宰は頬杖《ほおづえ》をつきながら、ちびりと杯の端を舐《な》める。最初は驚いていた三島も、杯を重ねるうちに見慣れてきたのだろう。酌をする影娘に向かって話しかけ始める。

「なあ、君は形を自在に変えられるのかい。例えばギリシャの彫刻のような、たくましい男の姿になれるのか」

「おいよせよ。これ以上むさくるしいのを増やすんじゃない」

太宰は杯を空けると、乱暴に手を突き出した。影娘が静かに酒を注ぐ。

「そういえば、もうひとつ珍しいのが手に入ったんだ。君、持ってきてくれたまえ」

影娘は頷《うなず》くと、床に染みこむように姿を消す。

「太宰さん、他にもまだあるんですか」

「君はついてるぞ。蟹《かに》だよ。毛蟹に似たのがあると聞いて取り寄せたのさ」

嬉しそうな太宰と逆に、三島は表情を硬くする。

「どうした、蟹は嫌いだったのか」

「僕は蟹の肉は好きですが、姿を見るのが駄目なんです。缶詰ももらうなり、ラベルをはがすと決めています」

「なんだい意気地なしだな。よし、俺がどうにかしてやろう」

太宰はやおら立ち上がると、酔いの回った足取りで三島の背後に回る。

「また太宰さんの悪い癖だ。悪戯《いたずら》でもしようというのでしょう」

「減らず口はそこまでだ。エルフの魔法を見せてやる」

太宰は懐から手ぬぐいを取り出すと、三島に目隠しをする。

「これでどうだ。蟹《かに》の姿は見えないぞ」

「確かにそうだが、これじゃ何も見えません」

三島が笑いながら手ぬぐいを取ろうとすると、太宰はその手を上から押さえる。

「気を付けた方がいい。そいつは魔法の手ぬぐいだ。結んだ相手のいうことを何でも聞いてしまうんだぜ」

「太宰さん、僕を騙《だま》そうったって、そうはいきませんよ。あなたの技倆《スキル》は『嘘つき』というのでしょう。嘘を信じたら本当になるなんて実にあなたらしい」

「なんだ、ばれてやがる。川端の先生が余計なことを吹き込みやがったな」

太宰はおどけたように言うと、押さえていた手を離す。

「しかし今回ばかりは本当だ。ほらほら、危ないから早く手ぬぐいを取りたまえ。エルフの魔法が動き出すぞ」

太宰の道化ぶりに吹き出しながら、三島は手ぬぐいを解こうとする。

と、何かに気付いたようにその手が止まった。

「待ってください。太宰さんは今、魔法の話は本当だから、手ぬぐいを取れと言いました。私がこのまま目隠しを取ったら、あなたの言葉を信じたことになりやしませんか」

　太宰の顔から、それまでの浮ついた表情が消える。

「流石《さすが》に君は目端が利くな。俺の技倆がそんな言葉遊びで発動するのか、試してみたくはないかね」

「もう何が本当で嘘なのか分からなくなってきました。今日は随分、酒の回りが早いようだ」

見えぬまま伸ばした三島の手に、太宰が杯を握らせる。それを一気にあおった三島の肩に、太宰が後ろから両手を置いた。

「君はさっき酒の回りが早いと言ったな。何か入っていたかもしれないぞ」

「また嘘ですか。あなたの本心はどこにあるのですか」

「作家は言葉で人をたぶらかすのが生業《なりわい》だ。息をするように嘘をつく。それが俺たちじゃないのか」

　太宰は皮肉な口調で言い捨てると、三島の体に腕を回す。

「どうだ、お前の体に回っている俺の腕も嘘なのかい」

「ああ、やはり僕はあなたのことが好きになれない」

「それでも構わないさ。君は本当は俺のことが好きなのだからな」

　と、床から蟹の大皿を持った影娘が音もなく現れた。太宰が目で合図をすると、影娘は皿を置いて黙って床の隙間に姿を消した。

太宰は三島の軍服の金ボタンを外しながら、小さく独りごちる。

蟹《かに》は食う側も食われる側も、余計なことを喋らないから実に良い、と。

◇

原稿を読み終えた部長は、安心したように息を吐く。

「今回は部長検閲の必要はなさそうだな」

「……本当にそう思います？」

文芸部3年目、部長も月之木《つきのき》先輩に毒されつつあるようだ。

「それで、ツワブキ祭の準備は順調なのか？　明後日が本番だぞ」

部長は不安そうに尋ねてくる。

「販売用のお菓子は今晩中に用意できますし、会場設営は明日一日あるから大丈夫かなって。後は研究展示の原稿待ちです」

さらりと答えたが、内心は焦りで一杯だ。

そう、肝心の展示の原稿がまだ完成していないのだ。

「小鞠《こまり》ちゃん、原稿に苦労してるみたいだな」

「何度も手伝うって言ったんですけど、明日までには完成させるから心配するなって」

最後に原稿を展示用の模造紙に書き写す作業が待っている。こればかりは先輩たちに手を借りて、明日どうにかするしかない。

部誌の印刷は半分ほど終わっている。俺たちは刷り終わった紙を半分に折っていく。

今回作る部誌は、紙をホッチキスで留めるだけの簡単なコピー誌だ。

黙々と紙を折りながら、俺は辺りの気配を探る。

印刷室には俺と部長の二人だけ。部屋の外に人の気配はない。

「……部長。今週の『天ドチ』はもう見ましたよね」

「ああ、すでに3回はリピートした」

——天ドチこと『天然・養殖どっちなの？』。天然系女子と計算ずくの養殖系女子が主人公を巡って争う、学園ラブコメアニメだ。最新話は人気キャラの未久《みく》ちゃんが、寝坊してブラをつけ忘れた……そんな嬉しくも恥ずかしいコメディ回。

「未久ちゃんはあれだけ立派なモノを持っている。その未久ちゃんが、慌てていたとはいえブラをつけ忘れる——そんなことは実際にあり得るのですか？」

部長は紙を折る手を止めた。

「温水《ぬくみず》の先輩として、包み隠さず言おう」

部長は十分に溜めてから、重々しく口を開く。

「あれだけのモノを持つ女性が、ブラをつけ忘れるなんてことは——ありえない」

俺は思わず椅子から腰を浮かせる。

「つまり未久《みく》ちゃんは、ワザと下着をつけずに登校してきた。部長はそう言ってるんですね」

部長は無言で頷《うなず》く。

ついにヒロインの一角が崩れた。未久ちゃんが養殖系女子だとすれば、第2話のお風呂場でドッキリも、第5話のガラス越しの告白も全て計算だったということになる。

「でも俺は……俺だけは未久ちゃんが天然だと最後まで信じたい……いや、信じてます」

俺の真剣な想いが伝わったのか。部長は大人びた笑みを浮かべる。

「そうだな、温水《ぬくみず》は信じる道を行け。俺は貧乳のアリス派だし」

「部長……！」

通じ合う熱い想い。視線で語り合っていると、大きな音を立てて印刷室の扉が開く。

「二人ともこんなとこにいた！」

飛び込んできたのは月之木《つきのき》先輩だ。部長が慌てて立ち上がる。

「いや待て古都《こと》！　ブラの話はお前のことじゃ――」

「なに言ってるのよ。小鞠《こまり》ちゃんが大変なの！」

月之木先輩は部長の肩をつかむと思いきりガクガクと揺らす。

「あの、小鞠に何かあったんですか？」

先輩は今度は俺に向き直ると、切羽詰まった表情で詰め寄ってくる。

「小鞠ちゃんが教室で倒れたって聞いたの！　二人はなにか知らないの?!」

……え、小鞠が倒れた？

「先輩、落ち着いてください。倒れたのが学校の中なら──」

スマホを取り出すと、予想通りショートメールが届いている。顧問の小抜《こぬき》先生からだ。

「小抜先生から連絡が入ってます。保健室にいるって」

「保健室ね！　私、行ってくる！」

部屋を飛び出そうとする月之木先輩の手を、部長がつかむ。

「待て、お前今日補習じゃなかったか？　サボったら本気で留年するぞ」

「関係ないわ！　小鞠ちゃんの側にいてあげないと──」

「こ・と！」

部長は月之木先輩の身体《からだ》を自分に向けると、両肩を強く握る。

「落ち着け。お前が走り回って留年しても、小鞠ちゃんは喜ばないだろ」

「だって……だって私がちゃんと側にいたら、こんなことには……」

泣きそうな古都先輩の頭に、優しく手を置く部長。

「もっと自分の後輩たちを信用しろ」

「……うん」

素直に頷く古都先輩。部長は真剣な顔で俺を見る。

「温水《ぬくみず》、先に小鞠《こまり》ちゃんのところに行ってくれ。俺たちは後で行くから」

「え、俺でいいんですか」

不安そうな俺に部長は頷《うなず》いてみせる。

「当たり前だろ。頼むぞ副部長」

◇

保健室の扉を開けると、スマホを耳に当てた小抜《こぬき》先生と目が合った。

白衣のポケットにスマホを滑り込ませると、俺を手招きする。

「いらっしゃい、可愛《かわい》い騎士さんの到着ね」

「先生、小鞠は大丈夫――」

小抜先生は俺の唇の前に指を立てる。

「お姫様は寝ているから、声は抑えて」

「えーと、小鞠になにがあったんですか?」

小抜先生がカーテンで囲まれたベッドを振り返る。

「過労と寝不足よ。大丈夫、怪我はないわ」

「そうですか……」

安心した俺は力が抜けて椅子に座りこむ。

寝不足だからいいとは言わない。だけど、大事でないことは喜んでいいはずだ。

部長にメッセを送っていると、いつの間にか小抜先生が目の前に立っている。この人、いちいち近いな……。

「小鞠さんが寝不足な原因、温水君は知っているの？」

「ツワブキ祭の準備で寝てないみたいで。疲れがたまってたんだと思います」

「そうなんだ。若いね」

小抜先生は俺のすぐ横に椅子を並べて座る。近い。

「君たちくらいの頃は色々あるよね。限界まで頑張ってみようって、私にも経験あるわ。温水君、その話聞きたい？」

「あ、いえ、大丈夫です」

ホントにいいです。聞いて欲しそうな顔しないでください。

俺が興味を見せないと分かると、小抜先生は残念そうに足を組む。

「温水君はいつも冷めてるよね。全力でなにかをするって、先生素敵だと思うよ」

「青春の思い出、ってやつですか」

我ながらトゲのある口調。

口にしてから後悔する俺に向かって、小抜先生が優しい笑みを浮かべる。

「そうね、ただの思い出。それ以上でもそれ以下でもないけど、いまの君たちにしか作れないのよ」

小抜《こぬき》先生は懐かしそうに天井を見あげる。つられて視線を上げた先には天井の染み。

「先生もね、この学校に素敵な思い出をたくさん置いてきたわ」

「……置いていったんですか?」

「そうよ。思い出はどこかに置いてきて、たまに懐かしむ程度でいいの」

と、先生はいきなり真剣な表情で立ち上がった。

ベッドのカーテンの隙間から小鞠《こまり》が顔をのぞかせたのだ。

「小鞠さん、起きたの? もう少し寝ていた方がいいわ」

「い、妹、保育園に迎えに行かないと」

ふらつく足を踏み出す小鞠。すぐに足をもつれさせ、駆け寄った小抜先生が身体《からだ》を支える。

「大丈夫? 温水《ぬくみず》君、椅子を持ってきて」

その言葉に慌てて丸椅子を運ぶと、先生は小鞠を座らせる。

……言われるまで足が動かなかった。そんな自分に不甲斐《ふがい》なさを感じる。

「先生、小鞠の親に迎えに来てもらえないんですか?」

「それが仕事中で連絡が取れないの。伝言は頼んでいるんだけど」

先生は小鞠の顔をのぞき込む。

「妹さんの保育園には私から電話をかけておくわ。どこの保育園か教えてくれる？」

「お、弟も家で一人だから。や、やっぱり、帰ります」

なんとか立ち上がった小鞠の足はおぼつかない。手を貸しながら、小抜先生は小鞠の背中をポンポン叩く。

「分かったわ。先生の車で家まで送ってあげる。妹さんも私が代わりに迎えに行くわ」

それがいい。保健の先生なら安心だ。

「温水君、小鞠さんの家は知ってる？」

「え？　まあ、一応は」

……まさかこの展開は。俺の心を見透かしたように、小抜先生が頷《うなず》いた。

「じゃあ一緒に来てちょうだい」

◇

ツワブキ高校から車で１５分。小鞠の家は昔ながらの住宅街の一角だ。

同じような見た目の平屋が並ぶ中、小鞠と書かれた表札を確認すると、チャイムを鳴らす。

しばらく待っても誰も出てこないので、小鞠のカバンに入っていた鍵で玄関の引き戸を開けて、家の中をのぞき込んだ。

「こんにちは……」

小鞠《こまり》の親は帰ってないはずだが、部屋からは人の気配がする。

そういえば弟がいると言ってたな。俺は恐る恐る足を踏み入れた。

パチン。スイッチの音がして、玄関の明かりが点《つ》いた。

「……誰ですか?」

玄関に小さな男の子が立っている。年は小学校低学年といったところか。

「えーと、俺はお姉さんと同じ学校の——」

「ねーちゃん!」

男の子は靴下のまま玄関を駆け下りて、俺の横をすり抜ける。

見れば小抜《こぬき》先生が小鞠を抱えるようにして、車から降ろしているところだ。

男の子は駆け寄ると、小抜先生の反対側から小鞠の身体《からだ》を支える。

「坊や、ありがとう。小鞠さん、自分で歩ける?」

小鞠は目をつむったままコクリと頷《うなず》く。

二人に両脇を抱えられて歩いてくる小鞠。えっと……俺は何をすればいいのかな……。

立ち尽くす俺に、男の子は出来の悪い子供でも見るような呆《あき》れ顔を向けてくる。

「そこのお兄さん、ちょっとどいてくれますか」

あ、はい。玄関に立っていると邪魔だよね。俺は素直に道をあけた。

◇

……なぜこんな状況になったんだ。

居間とフスマで仕切られた子供部屋。畳の上に正座した俺の前では、布団に寝かされた小鞠が寝息を立てている。

先生と弟の進《すすむ》君が保育園に妹を迎えに行ったので、家には俺と小鞠の二人きりだ。

小抜先生が着替えさせたパジャマは星柄のピンク色。微妙な子供っぽさが、俺の心をザワザワさせる。静かな室内では、掛け時計の針の音だけが微かに響いている。

出かける直前、先生は俺の耳元で囁《ささや》いてきた。


「――温水《ぬくみず》君。くれぐれも小鞠さんから目を離さないで」

「え、でも寝てるし。そっとしておいた方がいいんじゃないですか?」

「そこは養護教諭としての勘かしら。ちゃんと見ていてあげてね」

先生はなぜか俺の胸を、指先でゆっくりとなぞる。

「いや、あの、先生」

「小鞠さんの寝息の一つ、鼓動の一つすら聞き逃しちゃだめよ……?」

……耳元に残る先生の囁《ささや》きと吐息の感触。

俺はモヤモヤする気持ちを切り替えようと、部屋の中を見回す。

部屋は6畳敷の和室。2台の勉強机と本棚で部屋は一杯だ。辞書の並んだシンプルな勉強机が小鞠《こまり》のだろう。立ち上がって近づくと、机の上には本と大量のコピーが積まれている。

ツワブキ祭の展示企画の資料だろうか。びっしりと貼られた付箋。

付箋の箇所を開くと、蛍光ペンで塗られた横に手書きで細かく書き込まれている。

開きっぱなしのノートに書かれたフロー図は構成表みたいなものだろうか。パッと見た感じ、全体の大まかな流れはできているようだ。

だけどこれを文章にするのは、かなりの手間だぞ……。

顔を上げると、時間割と並んで貼られた写真に気付いた。

今年の夏、文芸部で海に行った時の一枚だ。

水着姿の八奈見《やなみ》と焼塩《やきしお》の楽しそうな笑顔の横で、小鞠はパーカーを羽織って不機嫌そうな顔をしている。殺風景といってもいい机周りで、ここだけが明るく浮き上がっている。

周りの助けをかたくなに拒絶する小鞠にとって、この一枚はきっと大切な——。

と、後ろからモゾモゾと布団のこすれる音がする。

暑いのだろうか。小鞠が布団から両手を出すと、パジャマの袖から小さな指がのぞく。

小鞠はしばらく身じろぎしていたが、再び規則正しい寝息をたて始めた。

……佳樹《かじゅ》と同じくらいの小柄な身体《からだ》。甘えるようにパジャマの袖を握る姿は、まるで子供のようだ。その小さな頭の中に、大量の妄想と物語が詰まっている。

いまもこの中で、悪役令嬢が現代知識で活躍しているのだろうか。それとも――。

ふと、小鞠の口元に柔らかい笑みが浮かぶ。

夢でも見ているのか。気になって顔をのぞき込むと、唇が微かに動いた。

「温《ぬく》……水《みず》……」

……？　温水？　え、待って。いまこいつ、寝言で俺の名前を言ったよな？

うろたえる俺に構わず、小鞠はゴロリと寝返りを打つ。

「ば、馬鹿め、そっちはカリフラワーだ……」

なんの夢を見てんだこいつ。

心配は杞憂《きゆう》のようだ。ニヤニヤ笑う小鞠の寝顔を前に、俺はドッと力が抜ける。

壁の時計に目を向けると、先生たちが小鞠妹を迎えに出てから３０分は経《た》っている。

保育園はすぐ近くだと言ってたし、そろそろ戻ってくる時間だよな。

いや、むしろもう帰ってきててもおかしくないぞ。

ふと視線を感じて、背後のフスマを振り返る。

「……先生、なにやってんですか」

フスマの隙間からこっちを覗く小抜《こぬき》先生の顔。その下には小鞠《こまり》の弟、進《すすむ》君の小さな顔が並んでいる。

「遠慮しなくていいのよ。さあ、続きを」

「続きはないです。小さな子供も見てますよ」

「そうね、先生ちょっと配慮が足りなかったわ」

小抜先生は掌で進君の目をそっと覆う。そういう問題ではない。

俺は子供部屋から居間に出ると、後ろ手にフスマを閉める。

「先生に言われて様子を見てただけですから」

「あら、いい雰囲気だったのに。ねえ、進君？」

先生の膝の上で、進君は不思議そうに俺を見上げる。

「お兄さんは、ねーちゃんの彼氏なんですか？」

「え、いや、違うけど」

「じゃあ友達なんですか？」

「えーと、お姉ちゃんとは同じ部活なだけで――」

俺を見上げる澄んだ瞳。俺は思わず目を逸《そ》らす。

「……あ、はい。友達です」

進君はパッと顔を輝かせる。

「陽奈《ひな》！　ほら、ねーちゃんの友達だって！　怖くないぞ！」

……ひな？　見ると玄関と繋がる居間の入口から、小鞠をそのまま小さくしたような女の子が顔を出している。

遠巻きに俺をジーッと見ていたかと思うと、ペコッと頭を下げて逃げ出した。

うわ、なにあの可愛《かわい》い生物。

「あら、温水《ぬくみず》君。陽奈ちゃんに好かれてるわね」

「思いきり逃げられたんですが」

進君が陽奈ちゃんの後を追って部屋から出る。

「そうそう、小鞠さんのお母さんと連絡がとれたの。仕事を早退してこちらに向かっているそうよ」

それは良かった。俺なんかより母親がいた方が余程いいだろう。

緊張モードを解いて脱力していると、戸口から再び可愛い生き物が顔をのぞかせている。

俺は怖く見えないように気を付けながら、ニコリと微笑む。

「こんにちは。お姉さんの友達の温水です」

「…………」

陽奈ちゃんは意を決したようにトテテと駆け寄ってきた。

そして小鞠と同じように結んだ髪を、指でつついてみせる。

「ねーちゃと一緒」

「え？　ああ、可愛《かわい》いね」

恥ずかしそうに顔を伏せると、陽奈《ひな》ちゃんはやっぱり逃げ出した。

……今のはなんなんだ。可愛いけど。

「ほら、気に入られているでしょ？」

小抜《こぬき》先生は俺に笑いかけると、小鞠《こまり》の弟妹を追いかけて部屋を出ていく。

俺、気に入られているのか……。

時刻は夕方の5時半。小鞠に何事もなかったのはよかったが、今日の作業がちっとも終わってないぞ。どうしたものかと思っていると、子供部屋のフスマがゆっくりと開いた。

フスマを開けたまま、突っ立っているのは小鞠だ。

星柄のパジャマ、ぼさぼさの頭。半分閉じた目で、ぽけーっと宙を眺めている。

「小鞠、起きたのか」

「トイ…レ……」

寝惚《ねぼ》けた表情で頷《うなず》いた小鞠は、突然大きく目を見開いた。

「うなっ⁈　な、なんで、温水《ぬくみず》っ⁈」

「え？　お前、学校で倒れたから家まで連れてきたんだよ」

小鞠は子供部屋に戻ると、フスマの隙間から俺を睨《にら》みつける。

そして自分の姿を見下ろして、

「パ、パジャ、パッ……?!」

「ああ、パジャマなら小抜《こぬき》先生が着替えさせてくれたんだ」

「い、いも、いも……」

「妹か？　弟さんと一緒に先生が迎えに行ってくれたぞ。向こうの部屋で遊んでる」

……小鞠《こまり》、静かになった。

「じゃ、じゃあ温水《ぬくみず》、お前なにしに来たんだ……?」

それは俺も知りたい。自問自答する俺に小鞠がボソボソと呟《つぶや》く。

「わ、わたし、大丈夫だから」

「ん、そうか。それなら良かった」

……って、ちっとも良くないよな。小鞠が無理をしているのは前から分かっていた。その兆候も感じていながら、俺がしたのは心配だけだ。

先輩たちに小鞠のことを頼まれていながら、だらしないという他ない。

俺はフスマから顔をのぞかせる小鞠に向きなおる。

「なあ小鞠。書きかけの研究展示の原稿、俺に送ってもらっていいか」

「な、なんで……?」

小鞠の声に警戒の色が混じる。

「倒れたのにこれ以上無理させられないだろ。任せっきりで悪かったな」

「で、でも温水」

「小鞠は身体《からだ》を休めて、続きは俺に任せてくれ。大丈夫、先輩たちにも見てもらうから、安心して――」

「ぬっ！　温水！」

思いがけない大声にその場が静まり返る。

フスマの隙間から、絞り出すような声が続く。

「さ、最後まで、わ、私に書かせて、欲しい」

まだ書くつもりか。とっさに出そうになった否定の言葉を飲み込む。

「……いつ完成する？」

「あ、明日の朝まで、には」

――寝ずに書く。つまり小鞠はそう言っている。

どうせこいつは止めても書くに違いない。俺は小鞠に見えないように苦笑いした。

「分かった。出来上がり次第、データを部のみんなに送ってくれ」

「ご、ごめん」

「構わないけど、代わりに一つ約束してくれないか」

「約……束……？」

「展示の原稿以外は俺たちに任せて、明日は学校を休んで何も考えずに休む。それが小鞠《こまり》に任せる条件だ」

「で、でも、明日は準備が」

「ま、俺にも少しはいい格好させてくれ」

つまらない軽口。悪態を覚悟して身構える俺の耳に、小さく「うん」と呟《つぶや》く声が聞こえる。

俺は拍子抜けして肩の力を抜く。

さて、そうと決まれば部長に連絡して――――ん？

小鞠のやつ、フスマの向こう側から動こうとしないな。俺を気にするようにチラチラ見てくる。

「小鞠、少しくらいは寝た方がいいんじゃないか。ほら、布団に戻れよ」

「い、いや、でも……」

「弟たちは先生と見てるから、親御さんが帰ってくるまで休んだ方がいいぞ。さあ、遠慮せずに」

「だ、だから……っ！」

小鞠はフスマを勢い良く開けると、俺の顔に枕を投げつける。

「ト、トイレ、だ！」

パタパタと走り去る足音を聞きながら、俺は枕を顔からはがした。

……あいつ、枕はソバ殻派なんだな。

◇

学校に戻った頃には外はすっかり暗くなっていた。

中庭沿いの外廊下は、ツワブキ祭の準備をする生徒でごった返している。

それを避け、照明の届かない中庭を突っ切りながら校舎を見上げた。

中庭を取り囲む教室の窓が明るく輝いている。

――祭の前の高揚感。

豊橋《とよはし》では夏の初めに大規模な夜店が出る。

日が暮れる前、屋台がまだ支度をしている、その時間が好きだった。小さな頃、早い時間に家を出たがって親を困らせた記憶がある。

「柄にもないな」

浮つく気持ちを抑えるように言葉にする。

調子に乗れば痛い目に合うのは俺だ。華やかな祭りの場は主人公のためにある。

――西校舎の奥。部室の扉を開けると、中では部長が静かに椅子に座っていた。

テーブルの上には、完成した部誌が積み重なっている。俺がいない間に作ってくれていたのだろう。

「戻ったか。小鞠《こまり》ちゃん、様子はどうだった？」

「ひと眠りしたら元気になったみたいです。月之木《つきのき》先輩はまだ補習ですか？」

「古都《こと》ならそこにいるぞ」

部室の片隅、椅子の上で静かに膝を抱えている月之木先輩。

この人、意外とオンオフが激しいんだよな。９９％はオン状態だが。

「あの、先輩大丈夫ですか」

「小鞠ちゃん、怪我とかなかった？」

先輩は眼鏡越しに弱々しい瞳を向けてくる。

「ええ、全然平気でしたよ。小抜《こぬき》先生が一緒だったから心配ありません」

「そっか……保健の先生なら安心よね」

月之木先輩は言い聞かせるように呟《つぶや》くと、抱えた膝に顔を埋める。

「……私たちがいなくなっても学校に来て楽しいようにって。文芸部があの子の居場所になってくれたらって思って、だから見守るようにしてたんだけど」

「前に言ってましたもんね。小鞠に強くなって欲しいって」

残される小鞠と同じように、残していく側も心配なのだ。

「小鞠ちゃん、私たちに突き放されたって思ってるんじゃないかしら。私がちゃんと話をしていれば――」

「俺が言い出したんだ。古都は悪くない」

部長はそう言うと、月之木先輩のそばで身をかがめる。

月之木先輩が顔を伏せたまま手を伸ばすと、それを握る玉木《たまき》部長。

目の前の光景になぜか小鞠の姿が思い浮かぶ。

「小鞠が何を考えてるかは分かりませんけど、多分悪くは思ってませんよ」

人の心は分からないし、女子の気持ちなんてなおさらだ。

小鞠とはそれなりの付き合いだが、考えてることなんてさっぱり分からない。

だけど――。

「あいつ、二人が思っているよりもう少しだけ強いです」

山積みの資料。びっしりと貼られた付箋。書き込まれた小さな丸い文字……。

小鞠の頑張りは俺の目に焼き付いている。

部長は表情を緩ませた。

「……だな、俺も小鞠ちゃんを信じるよ」

そう言って、顔を上げた月之木先輩の頭にポンと手を置いた。

「あの、それでツワブキ祭の準備の件ですが」

本番はすでに明後日に迫っている。

明日中に研究展示を完成させて、会場の設営も終えないといけないのだ。

「それに関しては温水《ぬくみず》、改めてすまなかった」

部長は深く頭を下げる。

「え、なんで謝るんですか。ちょっと頭上げてください」

「ツワブキ祭の準備、結局お前たちに投げっぱなしになっていた。小鞠《こまり》ちゃんが倒れたのも俺のせいだ」

……誰のせいでもない。小鞠は自分の意思でやっているのだ。

それをどう伝えようか迷っていると、部長は何かを決心したように顔を上げる。

「展示の原稿は俺がどうにかする。小鞠ちゃんにこれ以上は無理をさせられない」

「慎太郎《しんたろう》、私にやらせて！　小鞠ちゃんのフォローは私の役目よ」

月之木《つきのき》先輩はそう言うと、勢い良く立ち上がる。

……小鞠も先輩たちも、なにかというと自分で全部やろうとする。

意外と似ている三人だ。俺は少し嬉しく思いながら首を横に振る。

「今回は小鞠に最後までやらせてあげてくれませんか」

「……それは小鞠ちゃんが望んでいるの？」

「はい、あいつの意思です」

「でも小鞠ちゃんは倒れたばかりだぞ。さすがにこれ以上は」

「小鞠は明日は学校を休みます。だから今晩だけは目をつぶってください」

訪れる沈黙。

倒れた直後に徹夜も辞さないと聞けば、二人が言葉を失うのも当然だ。

「……私たちのせい？」

月之木先輩は静かに沈黙を破る。

「私たちが引退するから。それとも――」

玉木《たまき》部長をじっと見つめてから、言葉を続ける。

「慎太郎が引退するから。だから小鞠ちゃん、こんなに無理してるの？」

「……そうかもしれないけど、小鞠の気持ちは俺には分かりません」

小鞠の恋は完全に終わっていて、今さらなにも変わりはしない。

それでも好きな人を『好きだった人』にするために。

そして三人で過ごしたかけがえのない日々を思い出にするために、俺と同じ背景キャラのあいつが気持ちをふり絞っている。

俺の勝手な妄想かもしれない。だけど今は、小鞠の好きにさせてやりたい。

「先輩の自慢の後輩です。信じてやってください」

黙って俺の話を聞いていた部長は、根負けしたとばかりに肩をすくめる。

「……分かった。今回はお前に任せたんだったな」

何か言いたそうにしている月之木《つきのき》先輩の肩に手を置くと、部長はゆっくりと首を横に振る。

「さて温水《ぬくみず》。これから俺たちはどうすればいい？」

「え、これからですか……？」

明日は授業がなくて、終日ツワブキ祭の準備をすることになっている。会場の教室が使えるのも明日からだ。

「明日の朝のＨＲが終わったら、会場の教室に集まってくれませんか。八奈見《やなみ》さんと焼塩《やきしお》にも俺から話しておきます」

「よし、それまでは一人一人ができることをしよう。温水もやることあるだろ」

「……そうでした」

今頃、佳樹《かじゅ》が一人で大量のお菓子を作っているはずだ。

あいつ、ほったらかしにされて拗《す》ねてるだろうな。ツワブキ祭が終わったら、少し甘やかしてやらないと……。

◇

翌日の金曜日。ツワブキ祭前日。

腕時計のデジタル表示はＡＭ７：００ジャスト。

俺はあくびを噛《か》み殺しながら、西校舎二階の空き教室を見回した。

ここが文芸部の展示会場だ。空き教室といっても、いつもは選択授業や補講の場として使用されているから、俺も何度か使ったことがある。

こんな時間に来たのは他でもない。『抜け駆け』である。俺も少しくらい、いい格好をしたいのだ。

明け方、小鞠《こまり》からみんなに展示の原稿が届いた。５万字を超える大作だ。

目を通すのは後にして、まずは会場づくりだな。

机を廊下に運ぶこと十数回。ようやく教室の後ろ半分が大きく開けた。

……これ、結構疲れるぞ。

腰を気にしながら次の机を持ち上げる。と、急に机が軽くなった。

「ぬっくん、力仕事ならあたしに任せてって言ったでしょ」

夏を思わせる澄んだ声。

焼塩が見せつけるように机を胸の高さまで持ち上げた。

「あれ、なんで焼塩がいるんだ」

「なんでって、あたしも文芸部員なんだけど。これ、廊下に出せばいい？」

焼塩は重さを感じさせない足取りで廊下に机を運び出す。

「だって準備はＨＲが終わってからって連絡しただろ」

「八奈ちゃんに聞いたんだよ。ぬっくんがなんか一人でやろうとしてるって」

小走りで廊下から戻ると、焼塩《やきしお》は机を縦に二つ重ねる。

「小鞠《こまり》ちゃんが一人で頑張りすぎて倒れたからってさ、ぬっくんまで無理することないよ」

「無理はしてないよ。やれるところまでは俺がやろうかなって」

「周りの力を借りるのも、『やれること』の一つだよ」

焼塩は白い歯を見せながら、重ねた机を軽々と持ち上げる。

「借りを返すってわけじゃないけど、あたしも何かしたいんだよ」

……焼塩のいう『借り』とは、夏の終わりの出来事のことだろう。

流されるばかりの俺に何ができたのか、何ができなかったのか。今でもよく分からない。

「夏休みのことなら、俺は大したことはしてない。焼塩が借りだなんて思う必要はないって」

焼塩は抱えた机を下ろす。

「……ぬっくんはそう言うけどさ。あの時、あたし結構嬉しかったんだよ」

焼塩は少し真面目な表情で、俺を見つめながらもう一度繰り返す。

「嬉しかったの」

俺を見つめる焼塩の瞳。その深い色に思わず吸い込まれそうになる。

「……ありがと。じゃあ力を貸してくれるか」

「もちろん。ぬっくんはあたしをもっと頼りなさい！」

そう言って、俺の背中をバシンと叩く。痛い。

焼塩はとびっきりの笑顔を見せると、重ねた机を一気に運ぶ。

俺も真似して机を重ねようとして即座に諦めた。机、結構重い。

「そういやさっき、八奈見《やなみ》さんから俺のこと聞いたって言ってたよな」

「言ったね。昨日、八奈ちゃんがみんなに——」

早くも廊下から戻ってきた焼塩は、言いかけた言葉を切る。

その視線を追うと、教室の入り口に八奈見が立っていた。

コンビニのおにぎりをピリピリと剝《む》きながら、不敵な笑みを浮かべる。

「ツナマヨは人類の英知だよ。考えた人には八奈見賞をあげちゃいます」

どこからか吹いてきた風に、八奈見の髪がなびいて陽の光にきらめいた。

おにぎりの包みが花びらのようにふわりと舞う。

「八奈ちゃんおはよう！」

焼塩は八奈見に走り寄ると勢いよくハイタッチ。

「檸檬《れもん》ちゃんおはよう。そして温水《ぬくみず》君、サプライズのあまり声も出ないかな？」

「いや、ゴミはちゃんと拾ってくれ」

「……後で拾おうと思ってたし」

ぶつくさ言いながらゴミを拾う八奈見。

八奈見《やなみ》が焼塩《やきしお》に声をかけた、それは分かったが――。

「八奈見さん、なんで俺が朝早く来るって知ってたんだ？」

「妹ちゃんに教えてもらったんだよ。温水《ぬくみず》君、昨日のこと全然詳しく話してくれないしさ。私が手伝うって言っても、大丈夫としか言わないし。そりゃ妹ちゃんに聞くしかないよね」

八奈見は海苔の乾いた音をさせ、おにぎりにかじりつく。

「待って、いつのまに佳樹《かじゅ》と連絡先交換したんだ……？」

「水臭くない？　私たちも部員だし、小鞠《こまり》ちゃんのこと心配してるんだよ。ね、檸檬《れもん》ちゃん」

八奈見は俺の言葉を無視すると、二つ目のおにぎりに取りかかる。こいつ食うの早いな。

「だね。ぬっくん、水臭いって」

「えーと、それに関しては二人に謝るよ。で、佳樹といつ連絡先を――」

「温水君、私たちをお忘れじゃないかしら」

さらに俺の言葉に被せるように、聞き慣れた声。

振り向くと、月之木《つきのき》先輩と部長が並んでいる。

「先輩たちもこんな早く来てくれたんですか？」

部長が八奈見に軽く手を上げる。

「八奈見さんが集合をかけてくれたんだ。温水一人にいい格好はさせられないしな」

その横で月之木先輩がキラリと眼鏡を光らせる。

「よく考えたら、これって即売会のサークル参加みたいなものよね。ある意味、私のフィールドよ」

「……先輩、文芸部の展示ですからね。変な本は置きませんから」

「安心して。私18歳だから、アレな本を売っても大丈夫なの」

「それは卒業まで我慢してください」

いつも通りの先輩を見て、思わず肩の力が抜ける。

「どうしたの？　私の顔見てニヤニヤして」

「いや、なんていうか……意外と元気そうでホッとしました」

月之木先輩は大人びた笑みを浮かべる。

「心配かけたわね。昨夜、慎太郎《しんたろう》と色々あっていい具合に落ち着いたわ。何しろ私、18歳だからね！」

「……古都《こと》、ちょっとこっちに」

「どうしたの慎太郎、怖い顔して」

「いいから。こっち来て」

部長は月之木先輩を廊下に連行する。

昨晩、なにがあったんだろう。考えたくないな……。

「えっと……とにかくみんな、来てくれてありがとう」

俺がそう言うと、焼塩《やきしお》が意味ありげにウインクする。

「ぬっくん、まだ誰か忘れてないかな」

え、誰のことだろ。部員は小鞠《こまり》を除いて全員いるはずだ。

と、廊下の窓からひょこりと小さな顔が覗く。

「あ、みなさんここにいらっしゃいました。光希《みつき》さーん、こっちですよ」

彼女がなんでここに。朝雲《あさぐも》さんは綾野《あやの》と並んで教室に入ってくる。

呆気にとられる俺に、綾野がいつもの人懐っこい笑みを浮かべる。

「いつでも手を貸すって言っただろ。俺たちにも出来ることがありそうだからな」

綾野が目で合図すると、朝雲さんがノートを開いて見せてくる。

「檸檬《れもん》さんから、展示の原稿を回して頂きました。登校中に一通り目を通したので、レイアウト案を作ったのですが」

「目を通したって……あれ、5万字はあるんだけど」

朝雲さんはオデコをテカらせ、こくりと頷《うなず》く。

「はい、感激しました。書いた方の想いが詰まった素晴らしい内容でした。特に漱石と弟子の関係性を、独自の視点で再評価した一節は非常に興味深く――」

朝雲さんの独白は続く。

だけど原稿は文庫本の半分くらいの量があるんだぞ。読んだだけならまだしも、それをレイアウト案にまで落とし込むなんて……。

　半信半疑でノートを手に取る。

「読みやすさも考慮して、全部で模造紙8枚にまとめる案にしました。新聞のレイアウトを参考にしつつ、イラストを入れた子供向けのまとめも、枠で囲って配置しています」

「新聞を参考に？」

「ええ、この量を見学者が全部読むのは不可能です。見出しと写真で記事の概要をつかんでもらって、興味がある箇所のみを拾って読むんです」

　ノートをめくると、模造紙8枚分のレイアウトが、ざっくりと書き込んである。確かに新聞を彷彿《ほうふつ》とさせるデザインだ。

「まさかこれ、どこにどんな記事が来るのかまで考えてるの？」

「ええ、もちろんです。原稿の内容は大体頭に入ってます」

　こともなげに言う朝雲さん。

　よく見ると、レイアウトに書かれた細かい指示は原稿のページ数と行数だ。

　朝雲さんの有能ぶりに圧倒されていると、八奈見《やなみ》が紙パックのコーヒー牛乳を飲みながら、ドヤ顔で親指を立ててくる。

「ま、そんな感じだから安心して」

　なんでこいつが威張ってるんだ。

綾野《あやの》がノートを指差す。

「元々の原稿が、新聞のレイアウトを意識して作られているんだ。ＩＴルームのパソコンを借りて、実際のレイアウトに落とし込もうと思う」

この二人が出来ると言うなら出来るんだろう。俺は文芸部員以外のツワブキ生を、わりと信用している。

だが、もう一つ問題が残っている。

「この量を模造紙に書き写す時間があるかな。他の準備もあるし、ちょっと多いかも」

「それについては一つ考えがある。ノートを見せてくれないか」

廊下から戻ってきた部長がノートを手に取った。

その後ろでは、月之木《つきのき》先輩がなんだか夢見がちな表情で、部長の背中を見つめている。

この二人、廊下で変なことしてないだろうな……頼むぞ……。

「午前中までにデータを入稿したら、大判プリンターで出力してくれる業者を見付けたんだ。締め切りまでに俺と綾野君でレイアウトを作って、完成品は直接取りに行くつもりだ」

綾野がそれを受けて頷《うなず》く。

……あれ、この二人って。

「部長と綾野、知り合いでしたっけ」

「綾野君と実際に会うのは初めてだな。もっとも紹介してもらったのは昨日の夜だけど」

昨日の夜？

と、焼塩《やきしお》がスマホを俺に見せてくる。

「昨晩、八奈ちゃんが連絡用にLINEグループ作ってくれたの。あたしが光希《みつき》やチハちゃんも誘ったんだよ」

「……俺、それに入ってないんだけど」

拗《す》ねる俺に、八奈見《やなみ》が子供でも見る目を向けてくる。

「あのさ、小鞠《こまり》ちゃんや温水《ぬくみず》君が一人で全部抱えちゃうから、フォローするために作ったんだよ。小鞠ちゃんも誘ってないし」

それは分かるが、なんか寂しい。

部長は改まった表情で皆を見回す。

「展示は俺と綾野君、朝雲《あさぐも》さん。会場のレイアウトや準備は、温水と古都《こと》が中心で。八奈見さんと焼塩さんはクラス準備の空いた時間で、温水のフォローをお願いしたい。みんな、頼まれてくれるか」

八奈見が手を差し出す。焼塩や朝雲さんがその上に手を重ねていく。

「ほら、温水君も手を重ねるんだよ」

八奈見が、せっつくように俺を見上げてくる。

俺が恐る恐る手を重ねると、部長が声を張り上げる。

「それじゃ、ツワブキ祭前日！　力を合わせていくぞっ！」

「「「「おーっ！」」」」

「お、おー」

出遅れた。恥ずかしさに気配を消そうとする俺に、八奈見《やなみ》が肩をぶつけてくる。

「どうですか。カリスマコンサル八奈見ちゃんのお仕事は」

「え、なに……？」

そういやまだ解約してなかったっけ。

「それじゃ、来期も契約更新で」

「はい、これからもよろしく」

八奈見はもう一度俺に身体《からだ》をぶつけると、笑顔でごはん粒の付いた口元を拭った。

◇

不用な机を廊下に出し終わると、教室のレイアウトが大体見えてきた。

八奈見と焼塩《やきしお》は黒板に説明を書き込んでいる。

「温水《ぬくみず》君、さあ次は何をする？」

準備運動は完了とばかりに、月之木《つきのき》先輩は眼鏡を指でクイと上げる。

「そうですね。会場はあと、展示物を貼ってお菓子と部誌を並べれば大体終わりです」

「……看板とか、そういうのは出さないの？　お菓子を売るなら、メニューもあった方がいいわ」

「その辺は二人に黒板に書いてもらってますけど」

「教室に入ってこないと見えないじゃない。それと飾りがないと殺風景にもほどがあるわ。部誌はどこに並べるの？」

「はあ、適当に並べた机の上に置こうかと」

月之木先輩はカバンを取ってくると、中から布を取り出した。

それを机にかぶせて、上に部誌を並べる。

「ほら、机に一枚布をかけるだけでも見栄えが違うでしょ。あとこれは欠かせないわ」

そう言うと『新刊あり☑』と書かれた立て札を置く。

「なんですかこれ」

「冷やし中華始めましたとか、酒蔵の杉玉みたいなものね」

へえ、なんだか急にそれっぽくなったな。

「貼り紙もいるわね。これは部員が書いた小説が載っていて、興味のある方には無料で差し上げます――少なくともその情報は必要よ。まさか、この教室の片隅にただ置いておくつもりだったの？」

そのまさかです。

月之木《つきのき》先輩がきょろきょろと周りを見回す。

「それで温水《ぬくみず》君、設営の材料とか貼り紙はどこにあるの」

「え？　特に何もないですけど」

途端に月之木先輩の表情が曇る。

「待って温水君。この教室、どういう風にセッティングするつもり？」

「えっと、まず研究展示を教室の４箇所に張りますよね。それでその横にテーマにちなんだお菓子とスタンプ台を置こうかなと」

「うんうん、それで？」

それで——だと。

「いえ、それだけですけど」

「……よし、みんな集合！　そっちの二人もこっちきて」

月之木先輩がパンと大きく手を鳴らす。

パタパタとチョークの粉を払いながら、八奈見《やなみ》と焼塩《やきしお》が集まってくる。

「思ったよりアレだったので、私が会場設営の指揮を引き継ぎます」

引き継がれた。

「明日の本番に向けて、チラシや貼り紙の作成と会場の飾りつけが必要よ。まずは必要な材料を整理しましょ」

月之木先輩は手帳を取り出すと、手早く書き込み始める。

「色紙や両面テープが一式必要ね。お金を扱うんなら、コインケースと帳簿も用意しましょ。手提げ金庫が家にあるから後で持ってきてあげる。おつりは棒銀1本あれば足りるかな。これも用意しとく。あと、お菓子を入れる籠《かご》もなさそうね。温水君、スタンプとカードはもう用意したの？」

「それも一緒に用意しましょ。誰か買い出しに行ってくれる？」

「手が空いたら買いに行こうと思ってて――」

「はい、あたしが行ってきます！」

焼塩が元気よく手を上げる。月之木先輩は手帳のページを破って差し出した。

「近所の100均が開いたらこれだけ買ってきて。領収書も忘れないでね。量が多いから、八奈見さんも一緒に行ってあげてくれないかしら」

「はーい。でも私たちクラスの準備があるから、あんまり長くは手伝えませんけど」

「了解よ。買い物だけ午前中に済ませておいてくれれば、後は私と温水君で大丈夫」

……なにがあった。俺の知っている月之木先輩はこんな人ではない。

ＢＬ談義以外ではＩＱを節約する主義ではなかったのか……？

「さあ、やることは山積みよ。予鈴まで作業を続けましょう」

先輩がもう一度手を叩くと、八奈見《やなみ》たちは再び黒板に戻る。

えーと、俺はチラシや貼り紙を作るんだっけ。改めて教室を見回していると、月之木《つきのき》先輩が腕時計を俺の目の前にかざしてくる。

「温水《ぬくみず》君の母校で畳を貸してくれるんでしょ。車を手配しておいたから、昼前に出発よ」

「母校といっても妹以外、知り合いはいませんけどね」

3年間の中学生活を終えてから数か月。なんだか遠くに来た気がする。

ツワブキ祭前日、長い一日が始まった――。

◇

手を止めて壁の時計を見上げると、早くも午後2時を回っていた。

展示の原稿は締め切り直前に入稿済。完成の連絡を受けて、部長が取りに行っている。

俺はといえば朝からチラシや貼り紙を作って、借りてきた畳を教室に敷き終わったところだ。

畳運びを手伝ってくれた綾野《あやの》が俺の背中をポンと叩く。

「それじゃあ俺たちはクラスの手伝いに行くよ」

「温水さん、頑張ってくださいね」

綾野の汗をタオルで拭いながら、朝雲《あさぐも》さんが俺に会釈をする。

「二人ともありがと、助かったよ」

綾野と朝雲さんに礼を言って見送ると、教室には俺一人。

月之木先輩は畳を運んだ車を戻しに行っている。

八奈見と焼塩《やきしお》は、午後から辻ハロウィンの寸劇リハーサルにつきっきりの予定だ。

……俺、よく働いた。自画自賛しながら、並べた畳の真ん中に寝転がる。

展示とお菓子を用意することしか考えていなかったが、実際にやるとなるとこんなに仕事があったのか。

車だって月之木先輩に出してもらったし、俺一人じゃ何もできなかっただろうな……。

「お、いい感じじゃない。これで会場もサマになってきたわね」

月之木先輩が教室に入ってきた。その姿は今までになく頼もしく見える。

「ありがとうございました。まさかトラックで来るとは思いませんでしたけど」

「うち、商売やってるからね。あれ普通免許でも運転できるやつだから」

ジャージ姿の月之木先輩が笑いながら、隣にあぐらをかく。

「だけど意外ですね。この学校って、車の運転とかＮＧだと思ってました」

「ＮＧに決まってるじゃない。見つかったら停学よ」

……待って、この人なに言った。

「俺、助手席に乗ってたんですけど」

「見つかったら停学ね」

先輩は着ているジャージをつまんでみせる。

「何のためにこれ着てると思ってるの。いくら私でも、制服着てトラック運転するのはマズいことくらい分かるわ」

……そこまで分かってるのならもう一息だ。

先輩がお茶のペットボトルを差し出してくる。

「でも驚いたわね。妹さん、すごく可愛《かわい》くてモテモテだったじゃない。畳を運んでくれた男子たち、あの子のファンクラブなんだっけ」

「いえ、聞き間違いです。ただの通りすがりの親切な生徒ですね。第一、中学生で異性に入れ込むなんて早すぎですよ」

俺の力強い断言に、月之木《つきのき》先輩が怪訝《けげん》そうな顔をする。

「……温水《ぬくみず》君ってひょっとしてシスコン？　そういえば、部室に妹モノのラノベを持ち込んでなかったっけ」

だって家に置いておけないし。

「妄想と現実は別ですって。先輩だってＢＬを書くけど、部長に彼氏がいたら嫌でしょ？」

「見せてくれるなら甘んじて受け入れるわ。いいえ、むしろ滾《たぎ》ると言ってもいい」

ええ……有りなのか。

「ま、仮にシスコンでなくても気になるよね。妹さん、あれだけ人気者なんだし」

「俺が通ってた頃は、妹は普通の生徒でしたよ。いや、むしろ人気者とは逆というか」

「そうなの？　意外ね」

……1年前、佳樹《かじゅ》が中学に上がったばかりの頃を思い出す。

「同じ学校に世界一素敵な兄が通ってる──なんて周りに言うもんだから、1年女子の間で噂が流れたんです。3年生に温水という凄《すご》いイケメンがいるという噂が」

「へえー、じゃあ温水君、中学の時はモテモテだったんだ」

「すぐに次の噂が流れました。そんな3年生はいない、温水佳樹は可愛いけど不思議ちゃんだって」

俺はペットボトルのフタを開ける。

「1年生の時はあいつ、ちょっと浮いてたんです。だから今日、みんなと上手くいってて安心したというか」

でもお兄ちゃん、ファンクラブの存在は認めません。

なぜかニヤケながら俺を眺めていた月之木先輩が、急に不思議そうな顔でたずねてくる。

「そういえば妹さんと私、どこかで会ったことあるっけ。なんか見覚えがあるんだよね」

「会うのは初めてだと思いますけど」

──待てよ。7月の文芸部合宿、佳樹は俺たちをコッソリと見張っていた。先輩とニアミスをしていてもおかしくない。

でも、それを知られても厄介《やっかい》だな……。

「気のせいだと思います。妹とは初対面のはずですよ」

「そっかあ、気のせいか」

天井を見上げる月之木《つきのき》先輩の横で、俺はポーカーフェイスでお茶をあおった。

◇

夕方の4時前。俺が1－Cの教室に入ると、朝とは様子が一変していた。

壁には暗幕や飾りが張り巡らされていて、黒板には『HAPPY HALLOWEEN』の飾り文字。すっかりハロウィンパーティーの会場だ。

自分の席もどこかに運ばれたらしい。行き場所もなく突っ立っていると、ふわりとフローラルな香りが俺を包んだ。脳内を流れだす専用BGM。

「トリック・オア・トリート！」

目の前に現れたのは、悪魔娘こと姫宮華恋《ひめみやかれん》。片足を上げた変なポーズで、こっちを指差している。

……あれ、ここに立ってちゃ邪魔だったかな。

横にずれて気配を殺していると、姫宮さんが俺に突っかかってくる。

「ちょいちょーい！　温水君《ぬくみず》、リアクションしてよ！」

え、さっきの俺に言ってたのか。

「えっと、それじゃトリートの方でお願いしたいけど、お菓子の持ち合わせがなくて。後でよければ」

「お、おぅ……温水君、もっと軽い感じでいいんだよ。こっちも、お菓子がないならいたずらだーっ！　くらいのノリを用意してたから」

なにそれエッチじゃん。

「あ、ブラックサンダー持ってた。これでいかがでしょうか」

「これはこれはご丁寧に。納めさせていただきます」

真面目な顔で受け取った姫宮さんは、こらえきれずにクスクスと笑い出す。

「もー、温水君。そんなに固くなっちゃ私がいじめてるみたいじゃない。はい、このお菓子は杏菜《あんな》に渡してきて」

「八奈見《やなみ》さんに？」

姫宮さんが指差す先、隅に敷かれた段ボールの上に八奈見が転がっていた。

白装束に身を包み、頭には三角の白い布。仰向けの体勢で指をお腹の上で組んでいる。

――ついに死んだか。

「杏菜《あんな》、疲れてお腹すいてるみたい。それとすごく腹ペコだと思う」

二回言った。それほどのようだ。

俺はブラックサンダーを持って八奈見《やなみ》のところに行く。

「八奈見さん、これ食べる?」

うたたねしていた八奈見が、むくりと身体《からだ》を起こす。

「……温水《ぬくみず》君?」

八奈見は寝ぼけたままブラックサンダーを受け取ると、むしゃむしゃと食べ始める。

「助かるよー、購買でパンが売り切れててさ。学食も今日は休みだし」

「ひょっとして、昼ごはん食べそこねたのか?」

コクリと頷《うなず》く八奈見。

「うん。カップラーメンしか食べてないの」

食べてるじゃん。

「そうそう、教室が見違えたでしょ。私たちも手伝って教室の飾りつけをしたの」

「辻ハロウィンって、外でやるんじゃないんだ」

「教室でも記念撮影とか色々やるんだよ。温水君、計画書読んでないの?」

自分の担当しか読んでないぞ。黙る俺をジト目で見る八奈見。

「ちゃんとクラスの展示にも興味もってくださーい」

今回ばかりはその通りだ。俺は素直に頷く。

「それで文芸部の方は大丈夫？　私、あんまり手伝えてないけど」

「大体終わったよ。部長が戻ってきたら、最後の仕上げだ」

信じられないことに、文芸部の準備は順調すぎるほどだ。月之木《つきのき》先輩が覚醒したのが嬉しい誤算である。

「クラスの方がひと段落したら私も行くから——うわ、衣装にチョコ付いた！」

こすって被害を拡大させている八奈見を置いて、俺は教室の掲示板に向かう。確かクラス展示の計画書が貼り出してあったはずだ。

俺は掲示板の前に立つと、計画書に目をこらす。

——辻ハロウィンの寸劇は全部で7幕。劇は毎回すべてのメンバーでやるわけではなく、八奈見の出番はそのうち3つだ。

その他の時間は校内を歩いて子供にお菓子をあげたり、一緒に写真を撮ったりするらしい。

「お兄様は仮装をしないのですか？　王子様の格好なんてお似合いだと思います」

「俺は裏方だし、当日は文芸部の方にいるから——」

……ん？　今の声はひょっとして。

「佳樹《かじゅ》っ!?　お前、なんでここにいるんだ!?」

「えへへ、来ちゃいました」

そっかー、来ちゃったか……。

しみじみと噛《か》みしめる俺を、妹の佳樹《かじゅ》が満面の笑みで見上げている。

「勝手に学校に来ちゃダメだって。ほら、送ってあげるから早く外に」

教室から連れ出そうとする俺に構わず、手慣れた仕草で俺のネクタイを締め直す佳樹。

「お兄様、ネクタイが曲がってますよ。ちゃんとお昼ご飯は食べましたか？」

「あ、うん。それより外に——」

「温水《ぬくみず》君、せっかく妹ちゃんが差し入れを持ってきてくれたのに、その態度はいただけないなー」

話に割り込んできたのは八奈見《やなみ》だ。大きな風呂敷包みを両手で抱えている。

「差し入れ？　佳樹が持ってきたんだ」

「はい、皆さんで召し上がっていただこうと、お稲荷さんをたくさん作ってきました」

お稲荷さんと聞いた八奈見の目が輝く。

「みんなー、温水君の妹ちゃんから差し入れもらったよー！」

八奈見の言葉にクラスの視線が集まる。

よし、みんながお稲荷さんに気をとられているうちに佳樹を連れ出そう。

しかし俺の予想に反して、女子連中は一斉に佳樹を取り囲んだ。

『誰この子、カワイー』『温水君の妹だって』『温水？』『制服可愛《かわい》いね、どこの学校？』

最初は面食らっていた佳樹も笑顔に戻る。

「温水佳樹と申します。兄がいつもお世話になっています！」

佳樹がペコリと頭を下げると、女子たちの黄色い歓声が上がった。

……こうなっては仕方ない。女の子は可愛いものと甘いものに弱いとラノベに書いてあったし、ここは佳樹のアドリブ力に期待しよう。

遠巻きに見守っていると、焼塩《やきしお》が俺の隣に並んでくる。

「あれって、桃園《ももぞの》中の制服じゃん。妹さんもうちらとオナ中なんだ」

「そりゃそうだろ、俺の妹だぞ」

焼塩はミイラ男の扮装《ふんそう》だが露出は抑え気味、身体《からだ》のラインもガードしている。クラスの女子の良識が男子の夢に勝利したのだ。

俺と焼塩が話をしているのに気付くと、佳樹は人の輪を抜けて俺たちの前に来る。

「あの、ひょっとしてあなたが焼塩さんですか？　お噂はかねがねうかがっています！」

それを聞いた焼塩が、ニヤニヤしながら肘《ひじ》でつついてくる。

「ぬっくん、家であたしの噂してるんだ。いやー、まいるなー」

俺、家で焼塩の話なんてしたっけ……？

「それより佳樹《かじゅ》、そろそろ帰ろう。勝手に高校に入っちゃダメなんだぞ」

「あら、担任の先生に許可をいただきましたよ。優しくて素敵な先生ですね」

優しくて素敵……それはどうかな。

反証のために過去エピソードを検索していると、噂の当人が佳樹の背後から現れた。

「温水《ぬくみず》、お前の妹さんには人を見る目がある。見習うように」

甘夏《あまなつ》先生はパンパンと手を鳴らす。

「おーい、みんな揃《そろ》ってるかー。遅くなったが、ホームルームを始めるぞ」

佳樹もいるのに、こんなゆるい感じでいいのか。

「明日の登校時間はいつも通り。今晩は20時に正門の鍵を閉めるから、それ以降も残りたいやつは早めに先生に言え。ホームルームはこれで終わりだが」

甘夏先生は佳樹の頭に手を置く。

「温水の妹さんから、お稲荷さんの差し入れを頂いた。早い者勝ちだから仲良く――あ、おいこら八奈見《やなみ》！　勝手に食い始めるな！」

始まった稲荷ずし争奪戦を眺めていると、佳樹が俺の隣に並んでくる。

「お兄様、楽しいクラスですね」

そうかな……良く分かんないけど、佳樹が言うならそうかもしんない……。

「さあ佳樹、兄さんはまだ準備があるから校門まで送るぞ」

「それでは南門にお願いします。お母さんが車で待ってますから」

教室を出て一緒に廊下を歩いていると、佳樹が腕を絡めてくる。

「えへへ、校門まで校内デートですね」

「こら、人前でくっつくんじゃありません」

俺が腕を引き抜くと、佳樹は不満げに頰《ほお》を膨らませる。

「じゃあ手を繫いでくれたら我慢します。それが駄目《だめ》なら、お兄様の上着を貸してください」

「上着？　どうした、冷えるのか」

脱いだブレザーを差し出すと、佳樹は嬉しそうにそれを羽織《はお》る。

「はい、温かいです。えへへ、ポカポカでブカブカです」

浮かれて後ろ向きに歩く佳樹が、すれ違う生徒とぶつかりそうになる。

俺は佳樹の肩をつかんで引き寄せた。

「こら、ふざけて歩いちゃ危ないぞ。お兄ちゃんの横を歩きなさい」

「……はい、お兄様」

さすがに反省したのだろう。佳樹はおとなしく俺の隣を歩く。

やれやれ、佳樹もこう見えてまだ子供だ。初めての高校ではしゃぐのも仕方ない。

「佳樹、お兄ちゃんは怒ってるわけじゃないからな」

「分かってます。お兄様、お稲荷さんは五目とワサビの２種類作りました。たくさんあるので、ぜひ召し上がって下さいね」

「へえ、それは楽しみだな」

そうは言ったが、戻るころには稲荷はなくなっているに違いない。

なにしろ1－Cには八奈見《やなみ》がいるのだ――。

◇

本番前日の午後7時半。文芸部のツワブキ祭研究展示『食べる読書』。

その準備がすべて完了した。

先輩たちと俺と焼塩《やきしお》、四人で感慨深く会場を眺める。

「完璧ね！　みんなよくやってくれたわ」

月之木《つきのき》先輩は俺たちに向かって親指を立てる。

ホッとする俺の背中を焼塩がバシンと叩く。だから痛いって。

「ぬっくん、もうちょい嬉しそうな顔しなって！」

ええ……愛想笑いだって疲れるんだぞ。

部長が苦笑いしながら俺たちを見渡す。

「まだ本番が待ってるぞ。みんな、今日はゆっくり休んで備えてくれ」

「「「はい！」」」

その通り、ツワブキ祭はまだ始まっていない。明日に備えて早く帰らねば……。

「それじゃ俺は古都《こと》を送るから、そろそろ行くよ」

「じゃあ私は送りオオカミに食べられてくるから、またねー」

「お前、後輩たちの前で変なこと言うなって……」

イチャつきながら帰る二人を見送ると、今度は焼塩《やきしお》がカバンを肩にかける。

「ぬっくん、じゃあうちらも帰ろ」

「そうだな、えっと……」

俺は廊下をチラリと見るが、人の気配はない。

八奈見《やなみ》がクラスの準備が長引いて、まだ来れていないのだ。

「俺は会場写真を撮るから、もう少し残るよ。生徒会に提出しないといけないし」

「そっか。それじゃ、あたし先帰るねー！」

「お疲れ様、また明日」

小走りで部屋を出て行く焼塩を見送ると、俺は会場を見渡した。

3年生の二人もすでに帰ったので、広い教室に一人きりだ。

4種類の展示とお菓子、部屋の飾りつけに小物の準備。

行き当たりばったりで、良くここまで仕上げたものだ。

展示は朝雲《あさぐも》さん率いる三人組が仕上げて、人を集めたのは八奈見と焼塩。飾りつけや小物は月之木《つきのき》先輩が総指揮だ。

お菓子を焼いて、畳を用意したのは佳樹《かじゅ》だ。俺は――まあ頑張ったよな、うん。

虚無にとらわれる寸前、制服姿の八奈見が教室に入ってきた。

「お疲れー、温水《ぬくみず》君」

「八奈見さん、ずいぶん遅かったね」

「衣装の汚れ落としてたらこんな時間になっちゃって。お、展示いい感じじゃん」

八奈見は壁の展示に近寄った。俺はお菓子を置いた机をさりげなく遠ざける。

「それは太宰の研究展示だな。短編の『桜桃』をテーマに、太宰の交友関係や家族観なんかも掘り下げてて結構面白いぞ」

「桜桃……って、サクランボのことだよね。読んだことないけど、タイトルからして可愛《かわい》い話なの？」

「まあわりと。まずは主人公が家族をホッポリ出して、女の人のいる飲み屋に行くんだけど」

「……なんか思ってたのと違う」

「店でサクランボを食べながら、子供より俺の方がつらいんだーとか、グジグジ悩む話だ」

「なんで学祭の展示にそんな話選んだのよ」

なんでだろう。

「人気のある話だから逸話も多いしな。太宰の命日が桜桃忌っていうくらいだし」

「命日にこの話をもってこなくてもよくない……？」

疑問は尽きないと思うが、詳しくは展示を読んでくれ。

八奈見《やなみ》はブツブツ呟《つぶや》いて壁の記事を読んでいたが、次第に無言になる。

「……ヤバ、普通に読んじゃった」

「それになんの問題が」

「だってほら、私って文芸部のツッコミ役じゃない？　黙って情報を受け取るだけじゃ、役割を果たせないというか」

「ツッコミ役……？」

言いたいことはダースであるが、ここはグッと抑えよう。

「あ、そういや畳あるんだっけ」

八奈見は突然そう言うと、畳に駆け寄ってゴロリと寝転んだ。

「私、畳の匂い好きなんだよね。これ、茶道部や華道部が使ってるのを借りてきたの？」

「まあ、その辺だ」

柔道部と一字違いだし、似たようなものだろう。

八奈見は身体《からだ》を起こすと、カバンにゴソゴソ手を突っ込む。

「夕方に抜け出してパン買ってきたの。奇蹟だよ、生クリームパンが二つも残ってたんだからね」

　適当に相槌《あいづち》を打つ俺に、八奈見は自分の隣をパンパンと叩いた。

「ほら座って。1個あげるし、一緒に食べようよ」

　言って、俺に生クリームパンを差し出す。

「俺にくれるの？　えっと、つまり俺に食べ物をくれるってこと?!」

「だよ。なんで二回言ったの……？」

　だって驚いたし。俺はパンを受け取りながら、隣に座る。

　このパンは外側に生クリームを塗った八奈見好みの逸品だ。端っこをかじると、疲れた身体に甘みが染み渡る。初めて食ったが、美味《うま》いなこれ……。

「だけど、改めて見ると凄《すご》いよねー」

　八奈見は教室を見渡しながら、指に付いたクリームをペロリと舐《な》める。

「そうだな。ここまで立派な展示になるなんて思ってなかったよ」

　何気なく言ったが、実はちょっと感激している。

　弱小の文芸部。教室を借りたはいいが、持て余すんじゃないかと心配だった。

　これを見たらきっと――。

「小鞠《こまり》ちゃん、喜ぶよね」

「……だな。それにあいつ、頑張ったよな」

八奈見《やなみ》に心を読まれたような気がして、どことなく照れくさい。

総量5万字の展示。どれだけの人が見てくれるか分からないし、ましてや全部読む人なんていないだろう。それでも小鞠《こまり》は自分の今できることを、模造紙8枚分に全力で押し込んだ。

八奈見はパンの最後の欠片《かけら》を口に入れると静かに呟《つぶや》く。

「小鞠ちゃんのラブレターだよね、これ」

好きな人に送る――そしてその人を送りだすための、部屋一杯のラブレター。

八奈見の目にはそう映っているのだろう。

「……そういう見方もあるかもな」

俺は曖昧に答えてパンをかじる。

「温水《ぬくみず》君はそう思わないの？」

八奈見は意外そうに俺を見てくる。

部長への想いが込められているのは確かだろう。

でも、小鞠が文芸部に入ってからの先輩たちとの日々。それはきっと俺たちが思っているよりもずっと大きくて――。

「この展示ってさ。小鞠の思い出とか感謝とか、文芸部を部長として守っていく覚悟とか……そんな何もかもが詰まっているんじゃないかなって」

「そっか。温水君はそう思うんだね」

返ってきたのは、予想に反した優しい声音。

その穏やかな口調に、俺のもう一つの本音が漏れる。

「……だってそう思わないと、ちょっとつらいかなって」

寝る間も惜しんで、何日もかけて。届かなくて、届いちゃいけない恋文を書き続ける。

脳裏に浮かぶのは、暗い子供部屋で机に向かう小鞠の背中。

言葉にならない思いにとらわれる俺の横で、八奈見は静かに座っている。

「……私はちょっと小鞠ちゃんの気持ち分かるよ」

ポツリ。八奈見が静かに話し出す。

「温水君が言うようにさ、小鞠ちゃんが先輩や文芸部をすごく大切にしてるのは分かるよ」

「ああ、だよな」

「でもね、それだけ大切なものを手放してもいいって。合宿の夜、小鞠ちゃんはその覚悟で告白をしたんだよ」

勝ち目がなくたって。全部失ったって。それでもいいと、全力でぶつけた自分の気持ち。

「気持ちに整理がついて、完全に諦めたって。それだけ大きな、好きって気持ちが消えるわけじゃないの」

八奈見は膝を抱えて、どこか遠くを見る目をする。

「……好きって言っちゃだめで、もうどうにもならなくて。それでも抱えた気持ちを外に出したいから、小鞠《こまり》ちゃんは書いて。檸檬《れもん》ちゃんは走って――」

八奈見《やなみ》はその先は言わずに黙り続けた。

蛍光灯に白く染められた教室は、しんと静まり返っていて。

俺は不思議な心細さを感じたまま、八奈見と同じように教室を眺める。

「部長たちが引退するって聞いて、俺も少し不安に思う。だから小鞠が、いまの自分の全部を見せようって頑張るのも分かる」

俺は食べかけのパンを袋に入れると、畳の上に置く。

「3年生は年明けから自由登校だし、今までみたいな日々は、あと2か月を切ってるから」

――なにもしなくても、相手は目の前から姿を消す。

言葉に出さずに黙っていると、八奈見がすました顔で首を傾《かし》げる。

「切ってるから、なに?」

「なにかを諦める時、過ぎるのを待つのは普通だろ」

少なくとも俺はそうやって生きてきたし、それが一番楽だと知っている。

「……だよね。私でもそうするし、そうしてる。だけど小鞠ちゃんはね、どうしようもなく女の子なんだよ」

「女の子?」

「そ。だからちゃんと自分の気持ちをはきだして、無理にでも区切りをつけて。次の恋の準備をするの」

次の恋。思いがけない言葉に思わず耳を疑う。

「……小鞠に好きな男子でもできたのか？」

「さあね。小鞠ちゃん可愛《かわい》いし。温水《ぬくみず》君、ぼやぼやしてると先を越されちゃうかもよ？」

八奈見は挑発するように、俺に身を乗りだしてくる。

「先を？　別に小鞠と好きな人をつくる競争してるわけじゃないし」

「え……そっち？」

八奈見はヤレヤレと肩をすくめる。

「あー、温水君はそういう感じか。温水君だしなー」

なんか分からんが、ディスられてるのは良く分かる。

「そういう八奈見さんこそどうなんだ。ほら、新撰組の格好してた男子」

「西川《にしかわ》君？　彼がどうしたの？」

教室で八奈見との会話に割り込んできた。たったそれだけだが、なんとなく伝わってきた。

「あいつ多分、八奈見さんが――」

言いかけて、なぜか言いよどむ。

「私がなに？」

「えーと……八奈見さんと仲いいのかなって」

「んー、どうかな。最近ちょっと話すようになったけど。それがどうしたの」

言いながら、パンをモシャモシャ食う八奈見《やなみ》。

あれ、こいつさっき食い終わってなかったっけ。

「それ、俺のパン……」

俺の弱々しい抗議を無視、八奈見がハッとなにかに気付いたように目を輝かせる。

「あれ？　あれあれー？」

「な、なに……？」

八奈見は面白がるような表情で俺の顔をのぞき込む。

「ひょっとして……西川君《にしかわ》に妬《や》いてる？　マジで？」

なっ?!　こいつなにを言うのか。

「ちっ、ちが――」

八奈見は笑顔で身体《からだ》を左右に揺らしだす。

「そっかー。彼氏をつくれとか言ったのも照れ隠しかー。彼氏つくれなんて、普通は言わないもんねー」

こいつ、始業式の日に言ったこと、まだ根に持ってやがる。

「私に彼氏できたら寂しいのか。温水君《ぬくみず》、可愛《かわい》いとこあるじゃん」

「だ、だから、そういうんじゃないからな。なんかちょっと気になっただけで」

「大丈夫大丈夫。私に好きな人できたら、ちゃんと紹介してあげるから。温水《ぬくみず》君も抜け駆けはなしだよ？」

「違う……違うんだ……」

頭を抱える俺の横、鼻歌まじりにパンをかじる八奈見《やなみ》。

ふと、周囲の不思議なほどの静けさに気付いた。

時刻は２０時を回り、学校から人の気配が消えているのが分かる。

俺はゆっくりと顔を上げる。

「……ちょっと声、抑えて」

「え？　なんで？」

俺は小さく口の前に指を立てると、八奈見に顔を寄せる。

「八奈見さん――」

「へっ?!　ちょ、ちょっと待って……！」

裏返った声を出し、後ずさる八奈見。

「だから大声出さないでって」

「温水君、学園祭マジックにはまだ早いって！　明日！　明日、改めて話し合おう！」

なに言ってんだこいつ。

「いや、小抜《こぬき》先生がビデオカメラで撮ってるから、変なこと言わないでくれないか」

「……はい？」

八奈見がぎこちなく振り向くと、廊下の窓から小抜先生がカメラを向けている。

俺たちにバレたと気付くと、笑顔で手を振ってきた。

「二人とも、先生は天井の染みかなんかだと思って気にしないで。さ、続きをどうぞ」

「続きなんてありません。いるんなら声かけてくださいよ」

俺はブレザーをはたきながら立ち上がる。

「お邪魔しちゃ悪いかと思って。終わったのなら、そろそろ正門を閉めるわよ」

「そもそも始まってませんからね？　じゃあ八奈見さん、俺たちも帰ろうか」

畳の上にぺたんと座りこんでいた八奈見が、呆《ほう》けた顔で俺を見上げる。

「……え？」

「ほら、もう正門閉まるってさ。立てる？」

八奈見は無言で頷《うなず》くと、ノロノロと立ち上がる。

先生の後をついて玄関に向かう途中も、八奈見は別人のように大人しい。

「なんか元気ないけど、大丈夫？」

「う、うん。大丈夫、かな」

「そういえば八奈見さん。さっきは何をそんなに慌ててたの？」

「はっ?!　温水君のせいじゃん！」

「痛っ?!」

八奈見《やなみ》は俺のわき腹を思い切り突くと、俺を置いて大股で歩いていく。

……今どき暴力ヒロインでもあるまいし、なにをそんなに怒ってるんだ？

「あらあら、君たち激しいわね。いつもそんな風にして気持ちを高めてるのかしら」

意味が良く分からないが、世の中分からない方がいいこともある。

俺は先生を無視して足を速めると、相変わらず何を考えてるか分からない八奈見の背中を追いかけた。

Intermission　ご近所迷惑はほどほどに

日の出前。小鞠知花《こまりちか》は薄暗い部屋の中で、鏡に映るリボンの向きを整える。

すぐ側では小学生の弟が寝息を立てている。

起こさないようにそっとブレザーを羽織ると、朝の冷たい空気がブラウスを通して肌を撫《な》でた。


昨晩、古都《こと》先輩から電話があった。

研究展示の準備は完璧だと聞いて、安心したのと同じくらい悔しかった。

その場に自分がいなかったのも。最後まで立っていられなかったのも。

小鞠は弟の寝顔をもう一度見てからフスマを開ける。

今日はツワブキ祭当日。文芸部に先輩たちがいてくれるのは今日までだ。


小鞠は静かに玄関の鍵を閉めると大きく息をつく。誰にもバレずに家を出られた。

こんな時間に家を出れば、家族に心配をかけるに違いない。

あくびを噛《か》み殺して振り返ると、見覚えのあるミニバンが家の前に停まっていた。

そして、朝日に眼鏡を光らせた制服姿のツワブキ生。

「おはよう、小鞠ちゃん」

「うぇ?! せ、先輩、なんでここに……?」

「昨日電話した時、なーんか企んでそうだったから。当たったわね」

月之木《つきのき》古都は肩越しに、ビシリと車を親指で差す。

「寝不足の小鞠ちゃんを一人で行かせるわけにはいかないわ。さ、乗りなさい！」

「で、でも、昨日沢山《たくさん》寝たし。運転、見つかったら先輩が怒られる……」

「確かにそうね。でもそんなこと知らん！　さあ行くわよ！」

古都は小鞠を強引に助手席に乗せると、車のエンジンをかける。

カーオーディオから大音量で流れ出したのは、妙齢の男性同士がプロポーズをするという、ご機嫌なボイスCDだ。

「せ、先輩……」

「いいでしょ、これ。とっておきの日にかけるやつなの」

「い、家の近くなので、お、音量ひかえて……」

小鞠のもっともな指摘に、古都は真顔になると素直に音量を下げた。

「その通りね。ご近所迷惑はダメよね」

「う、うん……」

～3敗目～　さようならには早すぎる

ツワブキ祭当日の朝。俺は急ぎ足で生徒会室に向かっていた。始まるまでに設営後の会場写真を提出する必要があるのだ。

俺は乱れた息を整えながら、生徒会室の扉を開けた。

「失礼します」

「ひっ?!」

部屋の中では猫耳をつけたメイド服の女子が、顔を引きつらせて固まっている。

……ここ、生徒会室だよな？

よく見れば、猫耳メイドは副会長の1年生、馬剃天愛星《ばそりていあら》さんだ。

「な、なんですかあなた、いきなり！」

「えっと、提出する物があって」

と、彼女の背後から伸びてきた白い腕が、天愛星さんを抱きしめるように絡めとる。

ミニスカナース姿の志喜屋《しきや》さんだ。

「天愛星ちゃん……ちゃんと語尾……にゃ……付けよ……？」

「はいっ?!　先輩の命令でも、そ、そこまでは！」

志喜屋さんはグタリと天愛星さんにもたれかかる。

「そ、そういうわけでは！　でも本当に会長も仮装なさるんですよね？　会長、そんなこと一言も――」

「会長の……発案……嫌？」

「会長を……疑う？」

「まさか！　私もやらせていただきます！」

「……にゃ」

「やります――にゃっ！」

天愛星さんは顔を真っ赤にして、ヤケクソ気味に叫ぶ。

こういうやりとりは、事前に済ませておいて欲しかったな……。

立ち尽くす俺に、天愛星さんがギギギと、ぎこちなく顔を向けてくる。

「そ、それで、なにを持ってきたのですか……にゃ」

耳まで赤く染め、うつむきながらプルプル震えている天愛星さん。

「ええと、設営後の会場写真です。これで大丈夫ですか？」

「はい、確かに受け取りました」

「天愛星ちゃん……？」

「受け取りました、にゃっ！」

俺は何を見せられているんだ。

あ、猫耳メイドの衣装、尻尾も付いてるんだな。尻尾の付け根、どうなっているんだろ……。

もの思いにふけりながら部屋を出ようとすると、

「少年……」

志喜屋《しきや》さんが蚊の鳴くような声で俺を呼び止める。

「え、なんですか？」

天愛星《てぃあら》さんの肩にアゴを乗せた志喜屋さんが、俺に白い瞳を向けてくる。

「あとで……行くね……」

◇

西校舎二階の教室が文芸部の展示会場だ。

俺が生徒会室から戻ると、小鞠《こまり》が壁際にぽつんと立っている。

「お、遅いぞ温水《ぬくみず》。そろそろ、始まる」

こいつの悪態は元気の印だ。安心しながら時計を見ると開始10分前。小鞠と並んで展示を眺める。

「小鞠、今朝はずいぶん早く来てたんだろ」

「つ、月之木《つきのき》先輩、送ってくれたし」

「それで肝心の先輩たちはどこいったんだ？」

「さ、3年生、朝から学年集会」

そういや、朝から卒業に向けた講話を聞かされるとか言ってたな。学祭だというのに気の毒な話だ。

八奈見《やなみ》と焼塩《やきしお》はクラスの当番だし、しばらくは俺と小鞠だけだ。

「まあ、準備は終わってるから二人でも大丈夫だろ」

小鞠は頷《うなず》くと、照れてるのか怒ってるのか微妙な表情で指先をこねくり回す。

「ぬ、温水」

「ん？　どうした」

「あの、その……あ、あり、がと」

「……え？」

こいつ、いまお礼を言ったのか……？

「わ、私の書いたの、こ、こんなに素敵な展示にしてくれて」

こんな素直な小鞠は珍しい。俺は照れ隠しに頬《ほお》をかく。

「お礼なら朝雲《あさぐも》さん――えっと、焼塩の友達に言ってくれ。彼女がレイアウトを考案してくれたんだ」

「そ、そうなのか。でも、こんな綺麗《きれい》に印刷して、くれて」

「それも俺の友達と部長がやってくれてさ。凄《すご》いよな」

小鞠《こまり》が首を傾《かし》げる。

「……きょ、教室の飾りつけは？」

「それは月之木《つきのき》先輩のアイデアだな。みんなに声をかけてくれたのは、八奈見《やなみ》さんと焼塩《やきしお》だし」

「す、少しくらいは、褒《ほ》めさせろ」

小鞠は前髪の間から、俺をじろりと見上げる。

「え、なに。俺を褒めたいのか？　いいぞ、遠慮せずガンガン褒めてくれ」

「……し、死ね」

褒めてくれるんじゃなかったのか。

静かな西校舎の一角。俺たちは何を話すでもなく教室を見渡す。

「八奈見さんは午後から少し時間あるから、代わってくれるってさ」

小鞠がコクリと頷《うなず》く。

「せ、先輩たちも、学年集会終わったら、来てくれる」

「ああ、そうだな」

……早くも話題は尽きた。とはいえ沈黙がそんなに気詰まりなわけでもない。

そんなことを思っていると、壁のスピーカーからザザッとノイズが聞こえる。

『──みなさん、おはようございます。ツワブキ高校生徒会です』

この大人びた声は……生徒会長だな。

ついスピーカーを見てしまうのは、人のサガというものか。

『展示の準備はお済みでしょうか。本日は外部のかたも多数ご来場なさいます。本校のモットーは「自立自存」。生徒一人一人がツワブキ生の代表であると自覚し、恥ずかしくない行為を心がけてください』

真面目な挨拶に少しホッとする。

うちの生徒会は変な人ばかりだと思っていたが、さすがに会長はまともなようだ。

初対面ではちょっと抜けたところはあったが、腐っても生徒会長──。

『……今のは少し偉そうではなかったか？　やはり最初の案の方が良かったのでは』

『大丈夫……誰も聞いてない……』

『会長、マイク入ったままです！　続けてください──にゃ！』

……なんだこれ。

マイクの向こうでバタバタする音。仕切り直すかのように、会長の声が響く。

『それでは第９８回ツワブキ祭を開始します！』

少し遅れて、遠くから歓声と拍手が聞こえてくる。

小鞠と顔を見合わせてから、遠慮がちに手を叩く。

こんな感じで俺たちのツワブキ祭が始まった。

◇

開場から15分。

荷物を持って廊下を通り過ぎたツワブキ生を除き、通りかかる人すらいない。

落ち着かないのか、うつむいてカリカリと爪をいじる小鞠《こまり》。

人のいない教室は寂しさも加わり、やけに広く感じる。

4つの展示の横にはそれぞれ、お菓子を入れた籠《かご》とスタンプ台。

入口付近には部誌を積んでいるが、もらってくれる人はいるのだろうか。

そして太宰と三島のポスターは、いつの間に貼ったんだ……。

「西校舎は会場の端っこだし、最初は人は来ないと思うぞ」

「そ、そんなもんか」

「だから気楽に待とうぜ。小学生以下にはクッキーを配るから、スタンプカードを――」

ポケットを探っていると、教室の入り口から5歳くらいの男の子がこちらをじっと見つめている。

俺は昨晩練習した笑顔で、スタンプカードを差し出す。

「はい、これにスタンプを全部集めたらお菓子がもらえるよ。上手に押せるかな？」

男の子はカードを受け取ると、教室の奥に駆け込む。母親らしき女性が軽く会釈して後に続く。

滞在時間は3分にも満たなかっただろう。お客様第一号は、クッキーを大事そうに抱えて飛び出していった。

男の子に手を振る小鞠にスタンプカードを渡す。

「小鞠、カードと一緒にシールも持っといてくれ」

「シ、シール？」

「お菓子を渡した子のカードにはシールを貼るんだ。渡し忘れがないようにだな」

シールを受け取った小鞠は眉をしかめる。

「な、なんでポケモン……？」

「焼塩《やきしお》が、子供受けならポケモンだって」

あたしも好きだから間違いないよ――って言ってたから確かだ。

さて、来場者はこれで2名。ノートに正の字で書き込む。

それからもチラホラと人が来て、まもなく正の字は2つになった。

「さ、さっきの子供、絵本の記事、よ、読んでくれてた」

「しかも玉子のパンケーキ、1個お買い上げだしな」

俺は浮かれて百円玉をコイントス。銀色の硬貨が蛍光灯の灯りにきらめいて――。

「し、失敗して失くすとか、なにやってんだ」

「それは言うな。こっちの方に転がったと思ったんだけどな……」

数分後、自分の財布から百円玉を取り出すと、気になっていたことを尋ねる。

「小鞠《こまり》、接客は大丈夫なんだな。苦手だと思ってた」

「こ、子供なら、わりと大丈夫」

俺から百円玉を受け取った小鞠は手提げ金庫に入れる。

「俺も中二の妹いるから、子供は割と平気だな」

「ちゅ、中二はお前とそんなに、変わらないだろ」

「俺にとっては5歳の頃と一緒だよ。妹だし」

……早くも客足が途絶えたようだ。

気を抜いてボサッとしていると、背の高い女生徒が教室の入口に立った。

「文学作品と食のコラボレーションか。なかなか面白い趣向だ」

――生徒会長、放虎原《ほうこばる》ひばり。

彼女が長い髪をなびかせながら教室に入ってくる。

「お邪魔するよ。見せてもらっていいかな」

「あ、はい。監査ですか」

「君は正直だな。そう取ってもらっても構わない」

会長はフッと笑みをこぼす。

あれ、そういえば会長は制服姿だ。仮装をするとか聞いてたけど、やめたのかな。

「……よくできた展示だ」

腕組みをして展示を眺めていた会長は、ポツリと独りごちた。

「時間があれば全部読みたいところだが、予定が詰まっていてね。これを一つもらおうか」

会長はクッキーの袋を手に取る。

「あ、はい。百円です」

俺はお金を受け取りながら、会長の表情をうかがう。

「私の顔になにか付いているかな」

「いえ、あの。生徒会は文芸部に厳しいイメージがあったから……そうでもなくて、ちょっと意外かなって」

「……君は知らないのか」

会長をとりまく空気が変わった。それまで気配を殺していた小鞠が怯《おび》えて後ずさる。

「文芸部は過去にトラブルを何度も起こしている。次になにかあれば――」

会長は冷たい瞳で俺を見すえる。

「廃部……ですか」

ゴクリ。俺は思わずツバを飲む。

頷《うなず》きかけた会長が軽く眉をひそめる。

「廃部――は少し厳しくないだろうか。仮廃部みたいな感じではどうだ」

「え、仮廃部ってなんですか？」

「私も分からないが、3回くらい仮廃部になるとアウトだろう。分からないが」

……この人もアクが強い。

俺が戸惑っていると、突然猫耳メイドが教室に飛び込んできた。

「会長！　視察のスケジュールが詰まってますにゃあ！　早く次の……っ?!」

ようやく俺がいることに気付いたのか。天愛星《てぃあら》さんの顔が赤く染まる。

「あ、あなた、こんなところでなにをしているんですか！　にゃ！」

「いや、ここ文芸部の会場だから」

「え……そうですかにゃ」

はい、そうです。

天愛星さんはとりつくろった厳しい表情で辺りを見回すと、会長の手をつかんで歩き出す。

「それはお邪魔しましたにゃ。会長、次は天文部ですにゃあ」

「分かった分かった。それでは失礼するよ」

教室を去った二人の会話が廊下から響いてくる。

「それはそうと会長、いつ仮装なさるんですにゃ？」

「私が？　いや、そんな予定はないが」

「にゃっ⁉　会長が王子様の格好をするって、志喜屋《しきや》先輩が言ってましたにゃ⁉」

……なんか分からんが、天愛星さんも語尾に慣れたようで何よりだ。

そういや志喜屋さんはいなかったな。どこかで力尽きてなければいいが――。

「善き……展示……」

いつの間にそこにいたのか、ゆらりと物陰から姿を現すナース姿の志喜屋さん。

小鞠《こまり》が悲鳴を上げて逃げ出した。

「そこにいたんですか。会長さん行っちゃいましたよ」

志喜屋さんは百円玉をゆっくりと差し出してくる。

「ちょうだい……一番……可愛《かわい》いやつ」

えっと、お菓子が欲しいということかな。しかも可愛いやつか。

俺がミニパンケーキを渡すと、志喜屋さんはコクリと頷いた。

「可愛い……善き……」

「気に入ったなら良かった。さあ出口はあちらです」

立ち去るでもなく、ユラユラと揺れる志喜屋さん。

相変わらず先輩のナース姿は胸元が開いてて、目のやり場に困る。

まあでも……視界に入るからには仕方ないよな……。

「そういえば会長は制服でしたけど、仮装はしないんですね」

志喜屋《しきや》先輩は無表情な口元をわずかに動かす。

「先輩、ひょっとして副会長をだましたんですか」

「天愛星《ていあら》ちゃん……チョロ可愛《かわい》い……」

そう言い残してフラフラと出ていく志喜屋さん。

……さて、ようやく出て行ってくれたぞ。

小鞠《こまり》の姿を探すと、部屋の片隅で知恵の輪をいじっている。

「お前、志喜屋先輩には慣れたんじゃなかったのか」

「だ、だって、い、いきなりだったし」

小鞠は涙を浮かべた瞳で見上げてくる。

「こ、怖い人たち、いなくなった……？」

「ああ、安心しろ。もう全員いなくなった」

多分。そして俺もちょっと怖かったのは秘密だ。

それにしても会長は気になることを言ってたな。文芸部が過去に何かしでかしたとか……。

まあきっと、月之木《つきのき》先輩がらみだろう。

俺はそう決めつけると、そろそろ増設が必要な心の棚にそれを置いた。

◇

開場から1時間が過ぎて、少しずつ一般生徒の見学者も増えてきた。

正の字が5個を超えた頃、タイミングを見計らって飲み物を買いに出る。

「小鞠のやつ、冷たいお茶で良かったかな」

会場に戻ると、甘夏《あまなつ》先生と小抜《こぬき》先生の同級生コンビが展示を眺めていた。

「おー、温水《ぬくみず》か。このサクランボのケーキ、美味《おい》しいな」

「先生、それ1個百円です」

「開口一番それか。ほれ、もってけドロボー」

無銭飲食教師に言われる筋合いはない。

「小鞠、飲み物買ってきたけど、お茶で良かったか」

小鞠は小走りに駆け寄ってくると、無言で手を伸ばしてきた。

その指先は差し出したペットボトルをスルーして、俺のブレザーを指先でつまむ。

「どうした、甘夏先生にいじめられたか」

「う、うん。は、話しかけてきた」

「それは災難だったな」

小鞠《こまり》が怯《おび》えるのも無理はない。甘夏《あまなつ》先生には反省してもらわないと。

「……小抜《こぬき》ちゃん、私なんかひどいこと言われてる」

「古奈美《こなみ》、教師の本分は生徒たちの色恋を彩ることよ。本望じゃない」

教師の本分は教育です。

と、甘夏先生が俺を手招きしている。

小鞠がお茶をクピクピと飲んでいるのを確認し、俺は先生のそばに行く。

「どうかしましたか」

「温水《ぬくみず》、この落花生のやつも美味《おい》しいな。お前が作ったのか？」

「いえ、妹が作りました。それも百円です」

「そういや昨日のお稲荷さんも、作ったのは妹さんだよな……」

甘夏先生はお金を俺に渡しながら首をひねる。

「温水、妹さん似のお兄さんはいないのか？」

「え、俺ですか？」

「いや、お前じゃなくて。できれば30歳前後で、定職についているのが望ましい」

いないし、いたらどうだというのか。

「他に贅沢《ぜいたく》は言わんが、最近飼い始めた猫が懐いてくれないと――」

「えーと、今度親戚が集まったら、いい人がいないか聞いときます」

それと甘夏先生、猫飼い始めたのか……婚期逃さないといいな。

小抜先生が胸の前で両手を合わせ、笑顔で会話に入ってくる。

「あら素敵。古奈美にぴったりの人がいたら味見――じゃない、ぜひ会ってみたいわ」

「小抜ちゃんには絶対に会わせない。式もリモート参加してもらうからな」

「すりガラス越しなら？」

「それならよし」

なにしにきたんだこの二人。

小さなお子様の教育上よくないから、早く出ていってくれないかな……。

◇

昼近くにもなると、俺の手際もずいぶん良くなってきた。

子供を見かけたら笑顔でスタンプカードを渡し、タイミングを見てお菓子を渡す。

部誌に興味を持っている人がいたら、声をかける――。

「……俺、同年代以外なら結構話せるな」

コツは用意しておいたセリフを機械のように繰り返すことと、中高生を見かけたら目を合わせないようにすることだ。

いま教室にいるお客はツワブキ生が3名。俺的にはスルー対象だ。

スタンプカードを手にぼんやりしていた小鞠《こまり》が、ビクリとして俺の袖を引く。

「な、なんか来た……」

教室に入ってきたのは、白装束の八奈見《やなみ》だ。

この仮装は前にも見たが、本番の今日は頭にカチューシャをつけている。

2本のスプリングがそこから伸び、先っぽには人魂のプレートがポヨポヨ揺れている。

……このカチューシャ、宇宙人のコスプレに使うやつだな。

「調子はどう？　あ、お客さんいるじゃん」

八奈見は壁際の椅子にドサリと座ると、手に下げた袋からみたらし団子を取り出す。

「見て、八雲ダンゴだよ。学祭で食べられるとは思ってなかったよ」

「それはいいけど、頭につけてるのは一体」

「ほら、温水《ぬくみず》君に作ってもらった人魂だよ。幽霊っぽさが増したでしょ？」

「そんな風に使うんだ……」

「人魂は正解だったね。私、子供たちに一番人気でさ、こんなにチヤホヤされたの七五三以来だなー」

七五三以来……。明日からもう少し八奈見に優しくしよう。

「それで服がそんなに汚れてるのか」

子供たちにベタベタ触られたのだろう。八奈見の白装束には土汚れが――。

「……それ、付いてるのチョコだよな」

「なんか私のとこに来る子供って、手にチョコ付いてたり、お菓子クズを口の周りに付けた子ばかりなのよ。やたらと食べかけのお菓子くれようとするし」

理由は分からんが、なんか分かる。

「でさ、華恋《かれん》ちゃんのところに行く子は、お花とか四つ葉のクローバーとか持ってくるの。この差はなんなんだろ」

「そうか……なんでだろうな」

子供は正直で残酷だ。

「次の出番までちょっと休憩。温水君も座りなよ」

俺は八奈見の隣に腰かけて様子をうかがう。

団子をモチャモチャと食べる八奈見は、相変わらずの食欲だ。

「どしたの、温水君も欲しいの？」

「いや、やっぱ八奈見さん、食欲あるよなーって」

「え、なに。私をディスってる？」

八奈見がジト目で睨《にら》んでくる。

「違うって。こないだ姫宮《ひめみや》さんが心配してたんだ。最近、八奈見《やなみ》さんが食欲ないって」

「あー、私いまダイエットしてるからかな。食事に気をつかってるんだよ」

言いながら、みたらし団子を一気に歯でこそぎ取る。

「ダイエット……？」

俺の知ってるダイエットと、なんか違う。

「温水《ぬくみず》君、ダイエットってやみくもに断食すればいいわけじゃないの。一日の総カロリーは同じでも、小分けに食べた方が痩せるという説があるのよ」

八奈見は2本目の団子を取り出す。

「つまり、私はいまダイエットの最中なの」

「その分、一食の量を減らさないといけないんじゃないか……？　回数だけ増やしてもダメだからな」

「ちゃんとご飯のお代わりは我慢してるし、ラーメンだって替え玉やめたんだよ。少しずつ効果が出てるんだって」

八奈見は口元に団子のタレを付けたまま、教室をぐるりと見回す。

「そんなに混んでないね。私が店番しとくから、二人とも休憩行ってきなよ」

それはありがたい。俺は小鞠《こまり》に声をかけてから、教室を後にしようとする。

「……ちょっと温水君。一人でどこ行くの？」

「え、部室で一休みしようかと思ってたんだけど」

「小鞠ちゃんを一人で放り出すなんて心配じゃん。温水君、ちゃんと案内してあげなよ」

「え、俺が案内？」

いやでも、小鞠だって俺と一緒に学祭を歩くなんて嫌だろ。それに小鞠にも先約が……ないだろうけど。

八奈見はスマホを眺めている小鞠に声をかける。

「小鞠ちゃーん、これからどこ行くの？」

「うぇ？　ぶ、部室で本でも読もうかと」

「おぉ……小鞠ちゃんもか」

分かってくれたか。俺ら陰キャに学祭なんて華やかな舞台は身に余る。人通りの少ない西校舎の一角で息をするので精一杯なのだ。

と、八奈見は団子の串を高く掲げながら立ち上がる。

「二人とも今日は部室に入室禁止！　ちゃんとツワブキ祭を楽しんでください」

「でも俺、読みかけの本を部室に置いてきたんだけど」

「その本は焚書《ふんしょ》します。忘れてください」

ええ……暴君すぎる。

小鞠は話の展開についていけないのか、オロオロと俺と八奈見の顔を見比べる。

「あ、あの、私、どうすれば……？」

「小鞠《こまり》ちゃん、温水《ぬくみず》君にツワブキ祭を案内してもらいなよ。こんな感じだけど一応男子だし」

「うえ？　べ、別にそんなに行きたく……」

「文芸部女子たるもの、男子の一人くらいはべらせないと」

八奈見《やなみ》は3本目の団子を取り出しながら、俺にウインクしてみせる。

「温水君、小鞠ちゃんのエスコートお願いね」

◇

東門から続く並木道には、ずらりと屋台のテントが並んでいる。

ツワブキ生と外部からの来場客でごった返していて、俺と小鞠は人を避けて歩いているうちに通りの端までたどり着いていた。

「……えーと、最後まで来たな」

「そ、そうか。じゃ、じゃあ教室に戻るぞ」

小鞠は俺の背中に隠れたまま、パンフレットから顔を上げようとしない。やはり人ごみは苦手なようだ。

俺もいまいちどうしていいのか分からんが、このまま帰ったら八奈見に嫌味を言われそうだな……。

「戻りがてら昼飯を買わないか。小鞠はなにが食べたい？」

「え、えと……う、うどん食べたい」

このお祭り感のないチョイス、さすが小鞠だ。

空手部が出店するうどん屋で順番待ちをしながら、貼り紙のメニューを眺める。

メニューは白帯に茶帯、黒帯うどんか。普通のメニューはないかな……。

「限定、牛殺しうどんってのもあるぞ。小鞠はどうだ」

「げ、限定なのに売れ残ってるんだぞ。地雷に、決まってる」

勘のいいやつめ。俺と小鞠は値段が真ん中の茶帯うどんを頼む。

「そういや小鞠、金は大丈夫か」

小鞠は不敵に微笑む。

「ツ、ツワブキ祭用に、お小遣いもらった」

受け取った茶帯うどんの正体はきつねうどんだ。

俺たちは容器を手に、並木道から外れて空いているベンチに座った。

うどんから立ち上る湯気を吸うと、かつおだしの香りが鼻を抜ける。麺も部員による手打ちらしく、なかなかの出来栄えだ。

そうなると他のメニューも気になるな。白帯は素うどんだろうし、黒帯うどんには何が入っているんだろう。そういえば一味唐辛子を丸々一瓶ぶちこんだうどんを作っていたが、あれが牛殺しうどんか……？

そんなことを考えながら食べていると、小鞠《こまり》が箸を下ろす。

「あ、あの、温水《ぬくみず》」

「ん？　どした」

「さ、さっき教室で。て、展示をじっくり読みたいから、写真に撮っていいか、聞かれた」

小鞠は嬉しそうに口元を緩める。

「そうか、良かったな」

「う、うん」

うどんの汁を飲もうとして、小さく「熱っ」と呟《つぶや》く小鞠。

……俺は麺をたぐりながら、行きかう人ごみを眺める。

ツワブキ生だけではなく、豊橋《とよはし》市民の来場者も多い。

普段は生徒しかいない校内を家族連れや他校生が歩いているのは、なんだか不思議な気分だ。

この人通りに比べれば、文芸部の来場者は大した数ではない。それでも小鞠が納得のいく展示ができて、それを認めてくれた人もいる。

昨夜の八奈見《やなみ》に言わせれば、あれは小鞠のラブレター。

不器用で果てしなく回りくどいけど、ひたすらに素直な小鞠の気持ち——。

「食ったら次はどこ行こうか」

思考を断ち切るように、俺はそんなことを口にする。

無遠慮に小鞠の気持ちに踏み込み過ぎた、そんな気がしたのだ。

「と、特にない。温水の、好きにしろ」

小鞠は麺を持ち上げて冷ましながら、興味なさそうに答える。

じゃあ、朝雲《あさぐも》さんのＦ組に行こうかな。確か縁日をやっていたはず。

それに文芸部の展示であれだけ世話になったのだ。一度くらいはあいさつした方がいいだろう。

薄いカマボコを持ち上げて光に透かしていると、目の前をツワブキ生のカップルがイチャつきながら通り過ぎていく。

……まったく困ったものだ。俺はやれやれと首を横に振る。

祭りとはいえ、学習指導要領に記載された正規の授業科目。つまり文化祭デートとか称してイチャイチャするのは、女子を膝に乗せて授業を受けるようなものだ。

「ど、どうした。け、険しい顔して」

「ああ、高校生のあるべき姿について考えていたんだ」

……でも待てよ。小鞠とベンチで並んで飯を食う光景は、事情を知らねば学園祭デートに見えないこともない。

こいつは女子といっても、ある意味では妹枠だし、余計な誤解は避けたいものだな……。

「小鞠《こまり》、一つ提案がある」

「な、なんだ」

「試しに俺をお兄ちゃんと呼んでみないか」

ごふっ。小鞠がむせた。メッチャせきこんでる。

「うわ、どうした小鞠。大丈夫か」

「お、お前、つ、ついにいかれたか……」

「待て、決して変な意味じゃない。俺の話を聞いてくれ」

「わ、分かった。言い訳してから、死ね」

俺が差しだしたティッシュを、小鞠は袋ごと奪い去る。

「つまりだな。二人で並んで飯を食っていると、誤解を受けるんじゃないかと」

「ご、誤解……？」

「ああ。事情を知らないやつから見たら、これってまるで学園祭デート――」

小鞠、またむせた。

「どうした。喉《のど》を痛めてるんなら、病院に行った方がいいぞ」

「……お、お前のせい、だろ」

やれやれ、なんでも人のせいにするのは良くないいな。

まあ、うどんでむせる女子を見て、デート中と思うやつはいないだろう。

うどんの汁を一気に飲み干すと、俺は底に溜まっていた一味唐辛子に思い切り咳きこんだ。

◇

Ｆ組の教室は新校舎の三階。暖簾《のれん》をくぐって中に入ると、そこは客であふれかえっていた。

輪投げやスーパーボールすくいなどの縁日らしい出し物が並んでいて、ハッピに身を包んだ生徒が店番をしている。

俺と小鞠が雰囲気にのまれて立ち尽くしていると、ハッピ姿の小柄な女生徒が、トトッと駆け寄ってきた。

「温水《ぬくみず》さん、来てくれたんですね！」

朝雲《あさぐも》さんだ。挨拶を返す間もなく、俺の前でくるりと回ってみせる。

「どうですか、クラスのハッピ作ったんです。良ければ温水さんにも一枚差し上げますよ」

他のクラスのハッピもらってどうすんだ。

「俺はいいかな。えーと、うちの部の小鞠が一緒なんだけど」

振り向くが、小鞠の姿はそこにはない。当の小鞠はビニールプールの前にしゃがみ込み、水に浮くスーパーボールをじっと見つめている。

「おーい、小鞠《こまり》。展示を手伝ってくれた朝雲《あさぐも》さん」

「うぇ？　あ、あの……」

キョドりながら立ち上がる小鞠に朝雲さんが歩み寄る。

「あなたが小鞠さんですか？　展示の原稿、とても素敵でした」

「えっ、あ、あの、こっちこそ、手伝ってくれて、ありが、と」

途切れ途切れに呟《つぶや》く小鞠の手を、ギュッと握りしめる朝雲さん。

「いえいえ、実に興味深かったです。男性同士の人間関係をたくみに性愛に結び付ける手法には特に感銘を受けました。つまり小鞠さんって、腐女子なんですね！」

「うなっ⁉」

小鞠は思わず逃げ出そうとするが、その手を離そうとしない朝雲さん。

「私、腐女子の友達がいないので、とても興味をそそられます！　ぜひ今後、ＢＬについてご指南お願いしますね！」

朝雲さんはリスのような丸い目を輝かせ、小鞠に詰め寄る。

「な……な……」

あ、小鞠が卒倒しそうだ。

「朝雲さん、そろそろその辺で。小鞠はグイグイこられるのが苦手だから」

「あら、それはすいませんでした。小鞠さん、どうぞこちらに座ってくださいな」

朝雲さんが俺たちを案内したのは射的コーナー。

段ボールを組み合わせて作った射的台の上には、お菓子やヌイグルミなどの景品が並んでいる。

朝雲さんはその横の椅子に小鞠を座らせると、ねじり鉢巻きを額に巻いた。

「へいらっしゃい！ 温水《ぬくみず》さん、ちょっと撃っていきませんか！」

あれ、なんかスムーズに客引きされたぞ……。

「えーとじゃあ、一回だけやってこうかな。銃はここから選ぶの？」

台の上には割り箸で作ったゴム鉄砲が並んでいる。

一番大きな鉄砲を手に取ると、朝雲さんが笑顔で両手の親指を立てる。

「お客さん、お目が高い。それは私の作った特別製です。アルミ缶くらいなら、簡単に撃ち抜けますよ」

それもう凶器じゃん。

「なんでそんなの作ったの？ 悩みとかあるなら聞くよ」

「むやみやたらと改造してたら、そんなことになりました。ちなみに景品に当てるとバラバラになるので、風圧で倒すのをお勧めします」

ええ……嫌なのを選んじゃったな。

俺は棚に乗ったココアシガレットを狙いながら——って、直撃させせちゃダメなんだっけ。

微妙に狙いをずらして撃つと、背後の壁が揺《ゆ》れ、大量の景品が風圧で舞い上がった。

「おー当たりー！」

朝雲《あさぐも》さんが嬉しそうに手を叩く。

……これはもう使わない方がいい。怪我人が出る。

「さあ温水《ぬくみず》さん、あと2回撃てますよ」

笑顔で山盛りの景品を差し出してくる朝雲さん。

もう撃ちたくないのでどう断るか迷っていると、復活した小鞠《こまり》が俺の肩をつついてくる。

「せ、先輩たち、文芸部の会場に来て、八奈見《やなみ》と交代した。も、戻るぞ」

助かった。俺のスマホにもメッセが届いているようだ。

「朝雲さん、呼ばれてるから俺たちはそろそろ行くよ。景品は一つだけもらうね」

「あら、残念です。みなさんによろしく言っておいてください」

俺は景品の山からココアシガレットを取ると、早くも教室を出ようとしている小鞠の後を追いかける。

「一人で先に行くなって。部長たち来てるんなら、俺も行くよ」

小鞠の横に並びながらスマホを確認すると、メッセの差出人は予想に反して焼塩《やきしお》だ。

陸上部の当番でグラウンドにいるから、来ないかとのお誘いだ。

「焼塩から連絡きてるな。どうする、先に焼塩の顔でも見に行くか」

「わ、私にも連絡きてるけど。そ、外は人が多いから……」

小鞠は疲れた顔で溜息をつく。

だけど焼塩の誘いをスルーするのも感じ悪いしな……。

「じゃあ、俺だけ顔を出してくるよ。小鞠は文芸部の会場に先に戻ってくれ」

俺は小鞠と別れてグラウンドに向かう。

人とのしがらみが増えれば、こういう用事も増えていく。

「……俺らしくないいな」

思わず呟《つぶや》く。

だけど最近、そういうのも悪くない。そう思えるようになってきた。

◇

グラウンドでは運動部を始めとして、いくつかの部が出し物を行っていた。

しばらく歩くと、陸上部の受付ブースが現れる。

看板には『君も陸上仮面と勝負して豪華賞品をゲット！』の文字。

陸上仮面？　なんか嫌な予感がするな……。

「ぬっくん、来てくれたんだ。一人なの？」

その声に振り向くと、焼塩《やきしお》が陸上のユニフォーム姿で立っている。顔には仮面舞踏会を彷彿《ほうふつ》とさせるラメ入りのマスクをつけて、実にマニアックな組み合わせだ。

「焼塩、なにその格好」

「おっと、いまのあたしは陸上仮面だからね。はい、チャレンジメニューはこちらになりまーす」

焼塩はチラシを渡してくる。陸上部員とハンデ付きで100mを走って、勝ったら賞品がもらえるらしい。

えーと、高校生男子は「陸上仮面レディー」とハンデなしで勝負……？

「勝たせる気ないだろ」

「やってみないと分かんないって。足はぬっくんの方が長——同じくらいだしさ」

なんかいま、悲しいことを言われたぞ。

「俺はやめとくよ。本気で走ると三日くらいぐったりするから」

「——じゃあ、俺が挑戦していいか」

突然、割って入る声がある。見れば他校の制服を着た男子だ。

焼塩が驚いた顔をする。

「あれ、タカ坊じゃん。来てたんだ」

焼塩が俺を振り返る。

「ほら、桃園《ももぞの》中の陸上部で同じ短距離だった高橋だよ。サボリ魔の」

なぜ俺が知ってると思うのか。焼塩はタカ坊の胸をポンと叩く。

「久しぶりだね。まだ陸上続けてるの？」

「ああ、最近はちゃんと練習してるぜ。１００ｍのタイムもお前に負けない自信がある」

「いいじゃん！　じゃあ挑戦してく？　豪華な賞品があるよ」

タカ坊はうなずきながら、上着を脱ぎ捨てる。

「賞品よりも、俺が勝ったら一緒に映画を観に行ってくれないか」

「タカ坊と？　映画を？」

え、それってつまり……。

周りで見ていた女子部員たちが黄色い歓声を上げた。

この展開に目を丸くしていた焼塩は、白い歯を見せて軽く答える。

「うん、いいよ！」

……焼塩のやつ、受けやがった。

さすがに焼塩と言えど、相手は現役の陸上部男子だ。しかも短距離をやってるということは
――。

俺は新たな恋が生まれる瞬間に立ち会っているのか。ドキドキしながら見ていると、焼塩はストレッチを始める。

「んじゃ、1500mで勝負ね」

「え？　100mじゃないのか」

「100mだとタカ坊の方が速いんでしょ？　勝負が分かっちゃ面白くないじゃん」

「だけど俺——」

「靴紐は大丈夫？　身体《からだ》あったまってる？　はい、位置について！」

問答無用、デートを賭けた1500mの勝負が始まった。

……それから数分後、俺は一つの恋が終わる瞬間を目の当たりにした。

◇

俺は西校舎に向かいながら、タカ坊のことを思う。

「あれはトラウマになるぞ……」

焼塩《やきしお》がゴールをした後のラスト半周、彼はどんな気持ちで走っていたのだろうか……。

まあ、いきなり公開告白したら、そんなこともあるよな。

うん、タカ坊が悪い。文化祭マジックという言葉があるが、マジックにはタネが必要だ。

と、廊下の窓から歓声が聞こえてきた。目を向けると、中庭に目立つ集団がいる。

白装束の八奈見《やなみ》と仮装をしたクラスメイトたち。

1－Cの辻ハロウィン一行が演じる寸劇が始まったようだ。

セリフはここまで聞こえてこないが、八奈見の扮する幽霊と、クラスの仮装メンバー男子、西川《にしかわ》の沖田総司が主役の物語らしい。

少しくらいは見ておかないと、後で八奈見がうるさいだろうな。

俺は窓枠に肘《ひじ》をついて、八奈見たちの劇を見る。

――恐らくは人ならざる者との報われない恋物語。

涙をこらえながら去ろうとする八奈見の手を、西川がつかんで引き寄せる。

最後は死んだ八奈見を、西川が腕に抱いて終わったようだ。

……なんで幽霊が死ぬんだ。

「脚本がダメだな」

なぜか苛立ちを感じて呟《つぶや》くと、俺は文芸部の会場に急ぎ足で向かう。

文芸部の展示会場が見えてきた。俺を見つけた月之木《つきのき》先輩が手を振ってくる。

「おー、温水《ぬくみず》君待ってたよ！　こっち手伝って！」

教室に入ると、さっきまでとは打って変わってかなりの来場者だ。

部長はむらがる子供にお菓子を渡していて、小鞠《こまり》は両手にスタンプカードを持ってウロウロしている。

俺の姿を見ると、小鞠がホッとしたような顔をして近付いてくる。

「お、遅かったな。は、早く手伝え」

「仕方ないだろ、色々あったんだって。恋の終わりとか、幽霊の二度死にとか」

「い、いいから働け。お菓子、買いたい人が待ってる」

小鞠《こまり》が俺を押しやる先に、お菓子を手に並んでいる人たちがいる。この数は、慣れない人と話すたびにチャージが必要な小鞠では荷が重い。

俺が一通りお客さんをさばき終えると、部長が手提げ金庫のフタを開けた。

「結構売れてるな。30くらいは売れたんじゃないか」

「随分盛況ですね。呼び込みでもしたんですか？」

「綾野《あやの》君がチラシを配ってくれたんだ。お菓子目当てで小学生がたくさん来てくれて。あと、小さなお子さん連れが、休憩に寄ってってくれたり」

部長の視線の先、畳スペースでは小さな子供が母親の膝でお菓子を食べている。

その横では、じっとしていられない幼児が、小さな手でスタンプを押そうとしている。アタフタしながらそれを手伝う小鞠。

そして月之木《つきのき》先輩は、なぜか小学生に人気だ。

先輩の展示説明に少年少女が夢中で聞き入っている。

「君たち、絵本を馬鹿にしちゃいけないよ。絵本には友情、思いやり、冒険の全てが詰まっているの。あらゆる可能性を探求してきた私でも、ここに手を出すのはご法度――」

……とめなくて大丈夫かな。いざとなったら、実力行使も辞さないぞ。

先輩の動向を監視している俺に部長が話しかけてくる。

「温水《ぬくみず》、ツワブキ祭の見学はもういいのか」

「3年分、堪能しました。部長こそ彼女と遊びに行かなくていいんですか」

「俺はもう少しここにいるよ」

そう言って、部長は優しい眼差しで月之木先輩の後ろ姿を見つめる。

部長は手提げ金庫に硬貨を入れると、落花生の包みを開けた。

「これまでの文芸部、ツワブキ祭で大した活動はしてなかったからな。最後にこうやってみんなで立派な展示ができて、温水には本当に感謝してるんだ。俺と古都《こと》だけじゃ、なにも残せなかった」

部長は感慨深げに、俺の肩をトンと叩く。

「……頑張ったのは小鞠ですよ」

5万字の展示に込めた小鞠の想いとか、それを受け止める側の気持ちも。

このにぎやかさの中に全部詰め込んで、思い出に変えていく。

今日はそのための一日だ。

と、チラシを持った男子小学生が、様子をうかがうように教室をのぞき込んでいる。

さて、もうひと働きするとしよう。

俺は渾身《こんしん》の笑顔で、少年を手招きした。

◇

ツワブキ生のカップルを見送ると、教室には先輩たちと小鞠《こまり》、そして俺の四人だけになった。

16時の閉場まで10分を切り、西校舎の人通りも少なくなってきた。

「これで販売用のお菓子は40個完売ね。配布する分は残ってるの？」

月之木《つきのき》先輩が振り返りながら、コインケースのフタをパチンと閉める。

「クッキーをいくつか残してます。もう人も来ないし、足りると思いますよ」

部誌も半分ほどに減っている。もらった人が全員読んでくれるとは限らないが、こうやって人の手に渡るのは素直に嬉しい。

祭りの終わりも近づいている。

名残惜しさと安堵の混ざった不思議な感覚。

小鞠と月之木先輩は、展示を前に漱石と弟子の交友関係について激論を交わしている。なぜ妄想エピソードに、そこまで真剣になれるんだ……。

部室で過ごすような、いつもの緩やかなひと時。

と、スピーカーから静かな曲が流れだした。

閉店間際の店で流れる『例の曲』だ。時計を見ると終了5分前を指している。

「蛍の光を聞くと、なんか終わりって感じがするよな」

ふと呟《つぶや》いた俺に、小鞠が不審げな視線を向けてくる。

「わ、別れのワルツ、だろ」

「え？　でもほらこれ、卒業式で歌わなかったか？　曲名は違うんだっけ」

「え、えと……」

ぼんやりした記憶を戦わせていると、月之木先輩が会話に入ってくる。

「蛍の光も別れのワルツも、スコットランドの民謡をアレンジした曲なの。ほら、二次創作だってどっちが受けかで即売会では別配置になるでしょ」

なんかちょっと違う気もするが、あまり掘り下げない方がいい気がする。

俺たちはなんとなく黙り込み、スピーカーから流れる音楽に耳を傾けた。

準備も含めて、長かったツワブキ祭もこれで終わりだ。

月之木先輩が、横から小鞠の頭を抱き寄せる。

コテン、と先輩の肩に頭を乗せる小鞠。

「……みんな、ありがとう」

沈黙を破ったのは部長の低い声。

「俺、あんまり熱心な部長じゃなくて、みんなには迷惑をかけっぱなしだったけど」

部長は俺たちに深く頭を下げる。

「ありがとう。最後に最高の展示をすることができた。本当に……みんなのおかげだ」

――パチパチパチ。

月之木《つきのき》先輩が手を叩く。

俺と小鞠《こまり》も続けて手を叩く。

「……慎太郎《しんたろう》、どうしたのよ背中向けて」

月之木先輩が悪戯《いたずら》っぽい、だけど出会った頃より少し大人びた笑みを浮かべる。

「別に……なんでもないって」


文芸部のツワブキ祭展示『食べる読書』。

来場者数117名。焼き菓子の販売数40個。部誌の頒布《はんぷ》14冊。


人気のある部に比べれば、まだまだ少ない数だ。

これで文芸部を取り巻く環境が変わるわけでもない。自己満足と言われればその通り。

小鞠に手を貸すつもりで始めたが、最後は自分がしたくてやっていた。そんな気がする。


スピーカーから、落ち着いた生徒会長の声が流れ出す。

『16時になりました。これにて第98回ツワブキ祭を終了します』

◇

ツワブキ高校の南門で、俺と月之木先輩は車を待っていた。

借りてきた畳を先輩の親の運転で運ぶことになっていて、俺は部長と一緒に積み下ろしの手伝いだ。

……あれ、そういえば部長の姿が見えないな。

「先輩、部長がどこにいるか知りませんか」

「教室に私のカバンを取りに行ってもらってるの。財布もスマホも入れっぱなしだし」

「会場には小鞠が残ってるし、持ってきてもらえばよかったのに」

「だって後輩にカバン運ばせるのって、感じ悪くない？」

彼氏ならいいのか。

ツッコもうとした俺は、こんなやり取りもこれから減っていくのだと気付く。

「……これで先輩たちも文芸部を引退ですね。なんか寂しくなります」

道路を行きかう車を眺めながら、呟《つぶや》くようにそう言った。

「あら、そんなこと言ってくれるんだ。本音では厄介払《やっかいばら》いができると思ってるんじゃない？」

「会話は社会の潤滑油ですからね」

「お。温水《ぬくみず》君、言うようになったねー」

俺と月之木《つきのき》先輩は顔を見合わせて笑って、再び口を閉じる。

社交辞令じみた会話は、かえってお互いの寂しさを伝え合う。

一瞬訪れた沈黙を、俺は無理にでも破る。

「小鞠《こまり》のやつ、部長になることをプレッシャーに感じてるみたいで」

「……でしょうね」

「来週末、さっそく部長会があるじゃないですか。そこで自己紹介と活動報告があって。確かにカンペ作って読むだけですけど――」

小鞠にとっては、そうじゃなくて。

「もう少しの間だけ、あいつのこと支えてあげてくれませんか」

「……そうできたら、いいな」

どことなく寂し気に、月之木先輩は口元に笑みを浮かべる。

「それはもう温水君の役目だよ。恋愛的な意味じゃなくてさ。どんなに私が心配でも、君じゃなきゃあの子のそばにいられない。そんな時期がきたの」

先輩たちは高校生活の残りを指折り数え始めている。

俺たちとは違う先を見て、違う足取りで歩いて行く。

「なんか俺、小鞠に踏み込ませてもらえないというか」

「そうかな。小鞠ちゃん、温水君のこと頼りにしているよ。だから私も君に副部長になって欲しかったの。私の代わりに小鞠ちゃんを支えてもらえたらなって」

「でもやっぱり……先輩たちとは違うんです」

——いま俺は弱音を吐いている。

他の誰でもなく、この人にしか聞かせられない弱い言葉。

「今回のツワブキ祭でもそうだったけど。あいつ自分で全部背負いこむというか、大事なところで他人を寄せ付けないところがあって。そこに触れられるのって、月之木先輩ともう一人だけなんです」

俺は背後の校舎を振り返る。

西校舎の二階。部長はさっき、文芸部の会場だった空き教室に向かった。

ただ一人、小鞠のいる教室に。

「……部長、ずいぶん遅いですね。俺、教室に戻らなくても大丈夫ですか？」

その言葉に月之木先輩が皮肉な笑みを浮かべる。

「温水君、それって慎太郎《しんたろう》と小鞠ちゃんのこと言ってる？」

「いや、その……」

俺は思わず口ごもる。

「私たちがここにいるってことは、教室で二人きりだもんね」

月之木《つきのき》先輩はそのまま黙り込む。

気詰まりを感じた俺がポケットに手を入れると、小さな箱が指に触れる。

射的でもらったココアシガレットだ。俺は中身を一本取り出してくわえると、箱を先輩に差し出す。

「先輩、一本どうですか」

「そうね、いただくわ」

月之木先輩は少し笑って、箱から一本抜き取った。

「──私ね、こう見えて余裕ぶったクソ女なの」

「はあ」

先輩は指にココアシガレットを挟み、タバコのように唇でくわえる。

「小鞠《こまり》ちゃんが告白する前から、慎太郎《しんたろう》のことを好きだって知ってたわ。だけどあの子は動かないだろうって。甘酸っぱい思い出で終わるんだろうって思ってた」

先輩はおどけるように肩をすくめてみせる。

「勘違いしないでね。私、小鞠ちゃんのこと大好きよ。でも私きっと、あの子を舐《な》めてたの。一人の女として私の方が慎太郎に近いって。負けないって思ってたの」

「まあ……結果としてはそうだったわけですし」

先輩は眼鏡の隙間から、横目で俺の顔を見る。

「あの合宿の夜。小鞠《こまり》ちゃんが勇気を出さなくて。私と慎太郎《しんたろう》が誤解し合ったままだったら。その後の結果は変わってたかもしれないわ」

「そんなことは……」

言いかけて曖昧に言葉をにごす。

――先輩は小鞠のことを自分が守ってあげるべき、か弱い存在だと思っていた。

それはある意味間違ってはいないけど、可愛《かわい》い後輩は想像より少しだけ強かった。

「……私、結果として小鞠ちゃんを踏み台に幸せになったような気がするの」

「だからわざと二人の時間を作ってあげたんですか?」

月之木《つきのき》先輩の胸に残る罪悪感。

それは何となく理解できる。だけど先輩の言うとおり、人間関係はちょっとしたボタンの掛け違いでどう転ぶか分からない。

長年の想いも届かないことがある。最近、そんな場面を見たばかりだ。

「……お節介ばかりやいてると、いつか誰かに取られますよ」

俺の精一杯の忠告に、いつもの人を食ったような笑顔が返ってきた。

「その時はもう一度、あいつを骨抜きにしてやるわ。なにしろ私、18歳だから」

月之木先輩は指に挟んだココアシガレットをかみ砕く。

しばらく笑っていた先輩は、ふと不安そうな顔になると校舎に視線を送る。

「……でも、ちょっと帰りが遅いわね」

「それも承知の上じゃないんですか」

「ものには限度ってものがあるでしょ」

ええ……この人、ワガママだな。知ってたけど。

「俺が部長に電話して、様子を聞きましょうか」

「なんかそれも疑ってるみたいで感じ悪いじゃない。だから――」

先輩はなれなれしく、俺の肩に肘《ひじ》を乗せてくる。

「温水《ぬくみず》君、コッソリ様子を見てきて？」

……ホントこの人、ワガママだ。

◇

夕方の西校舎。

傾いた陽の光が窓から差しこみ、オレンジ色に廊下を染め上げていた。

どの部屋もツワブキ祭の撤収が済んだらしく、周りから人の気配は消えている。

文芸部が会場にしていた教室も片付けがほぼ終わっていて、後は壁の展示をはがすのみだ。

目的の教室に着いて中をのぞくと、小鞠《こまり》が一人だけ。どこかで行き違ったのか、部長はいないようだ。

俺は引き返そうとしたが、小鞠の様子に足が止まった。

小鞠は一人、夕暮れの教室でじっと壁の展示を見つめている。

しばらくそうしていたが、小鞠は意を決したように歩み寄り、手を伸ばした。

背伸びをしてもわずかに届かない。片足で背伸びをして、それでも指先が空を切った。

俺は教室に入ると、小鞠の頭越しに手を伸ばす。

「ぬ、温水《ぬくみず》……！」

「小鞠、これ外していいんだよな」

小鞠が小さく頷《うなず》くと、俺は破かないように紙をはがして目の前にかざす。

「我ながら良くできてる。捨てるのはもったいないな」

「お、お前は作ってないだろ」

小鞠は軽めにツッコんで、夕陽に沈む教室を振り返った。

釣られて俺も視線を向けると、誰も座っていない机が教室の端まで並んでいる。

「……お、終わっちゃった」

小鞠の口からこぼれた言葉。

俺はなにか言おうとしたが、なにも出てこなくてそのまま黙り込む。

部長なら、なにか気の利いたことを言えたかもしれない。

こんな時、あの人は少し困った顔をして、相手のための言葉を選び出す。

「そういえば部長は来なかったか？　月之木《つきのき》先輩のカバンを取りに来たはずなんだけど」

「さ、さっき来て、もう帰った」

やはり行き違いになっていたらしい。俺は、はがし終えた紙を折り目が付かないように机の上に重ねると、チラリと時計に目をやる。

「俺もそろそろ戻るよ。畳の積みこみを手伝わないと」

小鞠《こまり》はそれには答えず、じっと重ねた紙を見つめている。

なんとなくこの場を離れがたくて口を開く。

「部長と話はできたか？」

……俺、なんでこんなこと聞いたんだ。

内心慌てる俺を、怪訝《けげん》そうな顔で見てくる小鞠。

沈黙が気まずい。俺は言い訳するように言葉を繋げる。

「えっと、部長とじっくり話をする機会がこれから減るだろ。だから、その……」

溜息まじりに小鞠がうなずく。

「ちゃ、ちゃんとお礼、言えたから」

「そ、そうか。俺もずっと世話になってたから、改めてお礼を言わないとな」

「温水《ぬくみず》は、文芸部入ったの最近、だろ」

お、こいつ入部時期マウントをとるつもりか。

俺はドヤ顔で腕を組む。

「実は書類上では俺の方が先輩なんだぞ。なにしろ見学初日に顔を出して、入部したことにそのまま気付いてなかったからな」

「ゆ、幽霊部員を墓から掘り起こしてやったの、忘れたか」

「俺、土葬だったのか」

……7月の休み時間、突然話しかけてきた挙動不審な女子が小鞠だ。

それがつい最近だった気も、ずいぶん昔のような気もする。

「小鞠は4月から文芸部に来てたしな。見学者とかどのくらい来たんだ？」

「は、初めて行ったのは見学期間の最後だったから。わ、私だけ」

小鞠は目を細めて窓の外を眺める。

夕暮れに沈む空もゆっくりと色が深く、暗くなっていく。

小鞠は両手の指を絡めて、ギュッと握りしめた。

「……わ、私、文芸部入って、ほ、本当に楽しくて。せ、先輩たちには本当に感謝してる」

独り言なのか俺に聞かせたいのか、どっちつかずに話し続ける。

「ぶ、部長も私にありがとうって。文芸部が、ここまでこれたのも私のおかげ、だって」

「……良かったな」

「う、うん」

俺が墓から掘り起こされるまでの3か月。

先輩たちと小鞠《こまり》の三人の日々は、きっと陽だまりのように穏やかで。

俺たちを受け入れてから少しだけ動きだした日々を、小鞠はどう思っているのだろう。

だけどいつかは二人がいなくなるのは避けられないから、俺たちが来ていなければ――。

ポツンと一人、部室に座る小鞠の姿が脳裏に浮かぶ。

「……せ、先輩たち、もう引退だから」

「ああ、部室にもあんまり来なくなるかもな」

俺の相づちに小鞠はゆっくりと頷《うなず》く。

「と、年が明けたら受験で学校も来なくなって、進路が決まる頃にはもう……そ、卒業で」

明日から11月だ。

期末テストが返ってくるころには二学期も終わりで、残りを数えだすと途端に心細くなる。

「こ、このまま少しずつ、部長と会うことが少なくなっていくから。わ、私の中で部長が薄くなっていくのが、ちょっと嫌だなって……」

最後は消え入りそうな声で言い終えると、うつむいた目元が前髪で隠れた。

——暮れる陽が止められないように、部長への想いが少しずつ思い出に変わっていく。

きっと小鞠はそれが寂しいのだろう。

「……いいんじゃないかな、それで」

今度は俺が自分に言い聞かせるように呟《つぶや》いた。

小鞠は眉をしかめながら、俺を睨《にら》みつけてくる。

「い、いいって……なにが？」

「なんていうかさ、時間が解決するって言い方は好きじゃないけど。時間が経《た》たないと、終わらないものもあるような気がして」

「ふ、振られたこともないくせに」

ええ……振られマウントなんてのもあるのか。

それなら俺も好きでもないやつに、告ってもないのに振られたことがあるんだぞ。

「ぬ、温水《ぬくみず》の言うことは少し分かる、けど——」

小鞠は机の上に腰かける。

「お、終わるのを待つだけで、ずっと抱えてるのもつらいから。きょ、今日は少し気持ちを出せて良かったかなって」

……？　いまの発言はどういう意味だ。

抱えてたものを出して楽になったということは——。

「お前まさか、また告白したんじゃないだろうな？」

「んなっ⁈　そ、そんなわけ、ないだろ」

良かった。二度も同じ女子を振る部長はいなかった。俺は胸をなでおろす。

「た、ただ、好きになってたかどうか聞いた、だけ」

少し気まずそうに指先をいじりながら、小鞠《こまり》。

「なにそれ」

「も、もし月之木《つきのき》先輩がいなかったら、私のこと好きになってたか——聞いた」

はっ⁈　こいつ、なにいきなりブッコんでんだ。

俺は小鞠に詰め寄りたくなる気持ちを抑え、ゆっくりと深呼吸。

「それで、部長はなんて答えたんだ」

「……ぶ、部長は優しいから」

小鞠はそれだけ言うと、寂しそうに笑った。

その笑顔は小鞠の精一杯の強がりで、淡い暮れかけの夕陽がその気持ちを覆い隠す。

どんな答えが返ってきても、もうすべて終わったことだから。

なぐさめとか気休めとかどんな名前を付けたって。

部長の優しさですら、柔らかいトゲのように小鞠の心に小さな傷をつけてまわる——。

俺が黙って小鞠の隣の机に座ると、小鞠はささやくように呟《つぶや》いた。

「わ、私が告白しなければ、別の未来もあったの、かな」

小鞠の少し赤みがかった髪が、夕焼けの光をまとってゆらゆらと揺れている。

それに目を奪われた俺は、ごまかすように頷《うなず》いた。

「……かもな」

別の未来。その世界の小鞠の横には誰がいて、誰がいないのだろう。

しばらく物思いにふけっていた小鞠が、ポツリポツリと話し出す。

「わ、私、月之木先輩もいた三人の時間が好きだったけど。が、合宿の時、それを全部壊してもいいくらいに思って。だ、だから。き、綺麗《きれい》な思い出だけ残すのは……なんか違うかなって」

小鞠は机から降りると俺に背中を向けたまま、後ろ手に指を組む。

「そ、それでも部長は、私の嫌なとこも全部ひっくるめて、受け止めてくれて」

隠れそうな夕陽を背に、小鞠が俺を振り返る。

「――部長のこと、好きになってよかった」

小鞠の瞳は素直に笑っていて、俺はなぜだか一瞬息がとまった。

「うん、そうか」

俺はようやくそれだけ口に出した。

小鞠《こまり》は、はにかむような表情で頷《うなず》く。

と、小鞠は急に何かに気付いたように、慌てて服の裾をいじりだした。

「わ、私、温水《ぬくみず》になに言ってるんだろ……」

「まあ、なにか言うなら俺が適任だろ。友達少ないし」

俺は机から降りると、わざとらしく腕時計を見る。

「先輩たちのことすっかり忘れてた。早く行かないと」

「わ、私も行く……」

立ち去り際に教室を振り返ると、小鞠も同じように振り返り、小さく一礼をしてから足早に廊下を歩きだす。

俺も教室に一礼すると、小走りで小鞠の隣に並んだ。

小鞠は俺の顔をチラリと見る。

「ぶ、部長も月之木《つきのき》先輩も、私を信用して文芸部を託してくれたから。だ、だから私、その期待に応えたい」

「ツワブキ祭は小鞠のおかげで上手くいっただろ。十分頑張ってると思うけど」

小鞠は首を横に振る。

「こ、今回はみんなの力を借りたから。つ、次は一人で、やれないと――」

小鞠は大きく息を吐くと、もう一度繰り返す。

「やれないと、ぶ、文芸部、守れない」

先輩たちへの感謝と、部を託された責任感。

やる気があるのは悪いことではないけれど、なにか胸に引っかかる——。

「……ああ、頑張れよ。でも俺たちもいるから、あんまり無理するな」

「あ、ありがと温水。で、でも」

小鞠はやけに素直にそう言うと、心配するなとばかりに微笑んだ。

「私は、大丈夫」

小鞠の笑顔は悲しいほどに澄んでいて。

それをどう受け止めていいか、俺は最後まで分からなかった。

Intermission　あにいもうと

昼下がりのツワブキ高校校舎裏。

市立桃園《ももぞの》中学2年3組、権藤《ごんどう》アサミ——通称ゴンちゃんは、友人の肩越しにカメラの液晶画面をのぞき込んでいた。

そこには友人の兄、温水和彦《ぬくみずかずひこ》のスナップショット——いや、盗撮画像が映っている。

友人の温水佳樹《かじゅ》はご満悦の表情で画像のチェックを続けている。

ゴンちゃんはレインボー綿菓子をちぎって、佳樹の口元に差し出す。

「どキレイに撮れてるじゃんね。それよりヌクちゃん、お兄さんに会わんで良かったの」

ヌクちゃんこと佳樹は綿菓子をパクリと食べると、とろけそうな笑顔を見せる。

「佳樹が姿を見せないからこそ、お兄様の自然な表情が撮れるんです。ほらゴンちゃん。これなんて、うどんを食べながら呟きこんでますよ！　レアリティSSRです！」

「ほっかー、良かったじゃん」

ゴンちゃんは言いながら、綿菓子の黄色の部分をちぎる。

……友人の佳樹はブラコンだ。少なくともゴンちゃんの目にはそう見える。

いや、それ以上に見えなくもないが、世の中にブラコンという便利な言葉があるからには、その枠に入れておいた方が良い。

「ほいじゃあ、一番の目的は達成したら？　はよ、次のとこ行こまい」

佳樹はそれには答えず、じっとデジカメの画像を見つめている。

白装束の女生徒に、団子の串を突き付けられているお兄様の一枚だ。

「……ねえ、ゴンちゃんの目から見て、お兄様と八奈見《やなみ》さんってどう思います？」

「八奈見さんってその写真の、ドすごい美人の人だら」

幽霊の格好はともかく、華やかで明るくて、いかにもモテそうな女子だ。

頭の中で友情と現実を天秤にかけながら答えを探していると、佳樹が言葉を続ける。

「……佳樹は今日、二人の関係を確認するつもりでした」

佳樹はデジカメの画像を切り替える。

次に映し出されたのは、頭の片方で髪を結んだ小柄な女子だ。

うつむき加減に見上げる瞳は、男子の庇護欲《ひごよく》をそそること間違いない。

「ですがここにきて、小鞠《こまり》さんが猛烈な追い込みを見せてくれました。優しいお兄様のことです。守ってあげたくなる女子に心惹《ひ》かれないとも限りません。そしてもう一人――」

それまで冷静を装っていた佳樹の眉根にシワが寄る。

「生徒会の馬剃《ばそり》さんは完全に盲点でした。メイド服に猫耳は、お兄様のドストライクです。2次元と3次元を含めて、72枚の画像を保有していることからも明らかです」

唐突に開示されるお兄様の性癖。

「お兄様を心から想ってくれる人と、ゆっくりと愛をはぐくむ……。そんな中に猫耳メイドをぶち込んでくるのは佳樹《かじゅ》的には解釈違いです。それならいっそのこと――」

……いっそのことどうだというのだろう。

良くない気配を感じたゴンちゃんは、綿菓子の赤色をちぎると佳樹の口に入れる。

もきゅもきゅと砂糖の綿を頬張《ほおば》る佳樹。

ゴンちゃんは話を逸《そ》らそうと、パンフレットを佳樹の眼前に突き付ける。

「ヌクちゃん。それより、はよー柔道部のブースに行こまい。階級別の女装コンテストがあるでね」

「……構わないけど。ゴンちゃんってそういうのが好きなんだ。意外だね」

「男の人って、身体《からだ》が大きければ大きいほど魅力的だら？」

「大きければ大きいほど……？」

佳樹は戸惑いつつ、友達に向かって優しく頷《うなず》く。

「ゴンちゃんの趣味って少し変わってるんだね。でも佳樹、それもいいと思う」

……友情と本音。

ゴンちゃんは頭の中で少しだけ値踏みしてから、笑顔で頷いた。

～4敗目～　結果責任についての話をしようか

ツワブキ祭が終わってから三日。

祭の余韻もすっかり消え去り、冬の気配が見え隠れし始めた放課後。

俺は部室で小鞠《こまり》と向かい合っていた。

「じゃあ小鞠、最初からもう一度」

小鞠は頷《うなず》くと、スマホのメモを読み上げ始める。

「わっ、わた、わっ！　ぶ、ぶん、げいのっ、ぶちょ……こまり、です！」

なんとか言い終えると、小鞠はいい笑顔で額の汗を拭く。

「さ、最後まで、ちゃ、ちゃんと言えた！」

言えてたか……？

俺はとっさに出そうになった言葉を飲み込む。

こういうことは小さな成功体験の積み重ねが重要なのだ。

「うん、段々良くなってるな。これで週末の部長会は大丈夫だろ」

無責任に言うと、椅子に座って本を開く。

「で、でもまだ、人に見られてるところで、しゃべる自信、ない」

納得できないのか、小鞠がモゾモゾと呟《つぶや》いている。俺はしおりを挟んで本を閉じる。

……さっきから小鞠が練習しているのは、今週末の部長会での自己紹介。

タイミングが悪いことに、文芸部は活動報告の順番でもある。

「気が進まなければ、俺が代わりに出席してもいいけど」

「そ、それはダメ！」

思わぬ自分の大声に驚いたように、小鞠は顔を伏せる。

「わ、私がやらないとダメ、だから……」

小さな声で言い直すと、ペタンと椅子に座る。

……小鞠は控えめに言っても、慣れていない相手と話すのが苦手だ。

しかも部長の大半は2年生。初対面の上級生に囲まれた状況で、小鞠がまともに話せるとは思えない。

「じゃあせめて、活動報告だけでも俺がするとか」

「そ、それじゃ意味が、ない」

何度目かの堂々巡り。

引き受けたからには、表に立つ覚悟はあるのだろう。だけど――。

「部長会はもう今週末だぞ。今回だけ代理を立てても構わないだろ」

小鞠が表情を硬くして言い返そうとした瞬間、部室の扉が乱暴に開けられた。

「──二人とも、争いはそこまで。話は聞かせてもらったよ」

そこに現れたのは八奈見《やなみ》だ。カバンを机にドサリと置いて椅子に座る。

「八奈見さん、聞いてたんだ」

「あ、ごめん。雰囲気で適当に言った。なんの話をしてたの？」

ああもう、このタイミングで面倒なことを。

俺が経緯を説明すると、

「ふうん、じゃあ練習しようよ」

と簡単に言う。

「練習はしてるって。人が苦手なのは急には治らないから、代役を立てようかって話を──」

「そういうとこだよ、温水《ぬくみず》君」

八奈見は呆《あき》れたように肩をすくめる。

「新部長が一生懸命頑張っているのに、なんでそういう言い方しちゃうかなー。ねえ、小鞠《こまり》ちゃん？」

小鞠は得たりとばかりに深く頷《うなず》く。

「ゆ、許してやってくれ。ぬ、温水は元々、この程度の男だ」

「そっか、温水君だしねー」

こいつら、いつの間にかちょっと仲良くなってやがる。

八奈見が小鞠に向かって身を乗り出した。

「じゃあ人前で練習して慣れようよ。夕方の豊橋《とよはし》駅前とかは？」

スパルタがすぎる。

「ひ、人目につかないなら」

小鞠も負けじと無茶振りだ。八奈見がポンと手を叩く。

「明日ってツワブキ祭の代休でしょ。私に考えがあるから、みんなで出かけない？」

「か、考え……？」

小鞠が警戒するハムスターのように背中を丸くする。

「うん。まだ考えてないけど、私に任せて」

八奈見は明るく言うと、鼻歌まじりにスマホをいじりだす。

ええ……気は進まないけど、俺も行かなきゃ駄目《だめ》なんだろうな。

せっかくの休みに面倒だが、文芸部のためなら仕方ない。

「えっと、じゃあ小鞠もやる気みたいだし――」

あ、小鞠がなんか凄《すご》く嫌そうな顔で俺を見てる。メッチャ見てくる。

つまり断れということか。でも、こんな時の八奈見は面倒なんだぞ……。

「お、天気もいいね。じゃあ二人とも明日は朝から空けといて」

「あ、はい。分かりました」

俺は逆らわないと決めた。

……だから小鞠《こまり》、こっち見るなって。

◇

青い空を見上げると、モコモコとした小さなヒツジ雲が並んでいる。

俺と八奈見《やなみ》、小鞠の三人はツワブキ祭の代休を利用して、豊橋《とよはし》市の動植物園のんほいパークを訪れていた。

八奈見が「考えた」ところによれば、人に慣れるならまず動物から。動物相手に話す練習をしようとの計画である。

一通り動物園を回り、今いるのは動物園のえさやりコーナー。

放し飼いにされているヒツジはリアリティにあふれていて、なかなかの存在感である。

俺が牧草を差し出すと、ヒツジがそれをモサモサと食べる。リアリティ。

「おー、温水《ぬくみず》君。ヒツジになつかれてるね」

ヒツジと距離を取りながら、八奈見がカシャリと写真を撮る。

「エサの効果だよ。ほら、動物に愛されるってのはああいうのをいうんだ」

俺が指差す先、小鞠が数頭のヒツジに囲まれている。

ていうか、メッチャもみくちゃにされてるな……。

「温水君、助けてあげないの？」

「リアルなヒツジって、割と大きくて圧が強いじゃん。黒目が横長だし」

「あー、動物園あるあるだよね」

八奈見はヒツジにゆっくり近付くと、毛の中に手を埋める。

「うわ、羊毛ポカポカだ」

「だけどこんなんで練習になるのかな。普通に遊んでるだけの気が」

象の親子を見たりレッサーパンダが立つのを見守るばかりで、練習なんてしていない。

俺の心配をよそに八奈見は明るく笑う。

「小鞠ちゃん、ここんとこずっと張りつめてたでしょ？　少し気分転換っていうか、違う空気吸った方がいいよねって」

「あいつの場合、家にこもってる方が好きそうだけど」

「悩んでるときに一人でいると考え過ぎちゃうんだって。小鞠ちゃんや私みたいな繊細な子あるあるだよ」

繊細な子……これはツッコミ待ち案件だろうか。

迷っていると、ヒツジは俺たちのところを離れて小鞠に向かう。

「大丈夫かな小鞠ちゃん。ヒツジに壁際に追い詰められてない？」

「小鞠《こまり》が可愛《かわい》い小動物を触りたいって言うから、このコーナーに連れて来たんだし。邪魔しちゃ悪いだろ」

気が付けば全てのヒツジが小鞠の元に集まっている。

エサを奪おうとするヒツジから逃れるように、小鞠が両手を上げた。

——それは悪手だ。さっさとエサをあげないとヒツジは興奮するばかりだ。

「小動物……。小鞠ちゃんが触りたかったのって、ひょっとしてウサギやモルモットじゃない？　近くにウサギを触れるコーナーがあるけど」

そうだっけ。改めて園内地図を見ると、ウサギと触れ合えるコーナーはここの隣だ。

……なるほど、間違えた。

園内地図から顔を上げると、小鞠がヒツジのモコモコの海に飲み込まれるところだ。

相変わらず悲鳴だけは可愛いなあとか思いつつ、俺は小鞠の救出に向かった。

◇

ヒツジの群れから助け出しても、小鞠の機嫌はなかなか直らなかった。

「は、薄情なやつ。わ、私を見殺しにしただろ……」

「仕方ないじゃん。あいつらの黒目、横長なんだぞ」

それに最後は助けたのだ、感謝して欲しい。

とはいえ今日は小鞠の慰労も兼ねている。小鞠をなだめながら可愛い動物を巡っているうちに、段々と機嫌も直ってきた。

八奈見《やなみ》は俺と小鞠の間を歩きながら、園内地図を広げてみせる。

「やっぱマレーグマを見るとテンション上がるよね。さ、次はどこ行こうか」

ダチョウもコツメカワウソも攻略済だ。そうなれば残るのは――。

「夜行性動物館とかどうだろ。アフリカヤマネ可愛いぞ」

「あ、あそこはツチブタ一択だ。み、見る目のないやつめ」

やっぱこいつとは趣味が合わないな。

八奈見が俺の顔の前で、チッチッチと指を振る。

「温水《ぬくみず》君、こういう時はレディファーストだよ。小鞠ちゃん、どこか行きたいとこある？」

「うえ？　わ、私はその……植物園、行きたい」

八奈見が不思議そうに首を傾《かし》げる。

「植物園かー。あそこ、実がなってても食べらんないよ？　大丈夫？」

大丈夫。

俺と小鞠は無言で大きく頷《うなず》いた。

◇

のんほいパークの北西の一角は植物園になっている。

屋外の遊歩道をぶらついていると、小鞠《こまり》が辺りを見回した。

「そ、そういえば、八奈見《やなみ》どこ行った？」

「八奈見さんならダイエット中だから、おやつ買ってくるって」

「うぇ？　ど、どういうこと？」

「彼女的には食事の回数を増やすと痩せるらしい。どういう理屈かは気にするな」

「え、えと……そう、なのか」

そうなのだ。納得してくれて俺も嬉しい。

ふと視線を上げると、ヤマガラが木立の間を飛んでいる。

「いつも温室ばかりでこっちはそんなに来ないけど、結構落ち着く感じだな」

「しょ、植物園の屋外は静かだから、わりと好き」

11月にしては暖かい日差しが心地よい。

石畳を歩く小鞠が、足元でこっそりとリズムをとっている。

「ツバキが咲いてるな。あれって冬の花じゃなかったっけ」

「あ、あれはサザンカだ」

あれ、違う花なのか。小鞠が呆《あき》れたように俺を見る。

「ぜ、全然違うだろ。ほ、ほら、葉っぱの形とか花びらの付き方、とか」

全然分からん。ハムスターの見分け方なら自信があるんだけどな……。

道端の秋バラを眺めながらぼんやり歩いていると、小鞠が急に立ち止まる。

「あ、あの……。れ、練習に付き合ってもらって、いいか」

「ここでやるのか？」

「う、うん……ぶ、部室より、難易度を少し上げたい」

小鞠は木の根元に置かれたベンチを指差す。

確かに平日の植物園は人通りも少なく、練習にも差し支えない。

素直に座ると、小鞠はポケットからシワだらけになった紙を取り出した。

「じゃ、じゃあ、始めるから」

小鞠は俺の前に立つと、コホンと咳払《せきばら》い。

「わ、私は、ぶ、文芸部、のっ、ぶ、部長になり、ました。こま、小鞠知花《ちか》、です。よろ、よろしくお願い、します！」

最後まで言い終えると、大きく息を吐く。

「ど、どうだった……？」

「え？　ああ、前より良くなってるんじゃないか」

「そ、そうかな」

小鞠《こまり》は嬉しそうな顔で、ベンチの反対側に座る。

「ちょ、ちょっと休憩」

……確かに前より良くはなっている。なってはいるが。

「小鞠って、俺や八奈見《やなみ》さん相手なら普通に話せるだろ。なんで練習だと上手くしゃべれないんだ？」

「だ、だって、本番はたくさん、知らない人いるから。想像、するだけで意識が遠くなる……」

知らずに紙を握りしめていた小鞠が、慌ててシワを伸ばす。

「か、活動報告もあるから、その練習もしないと」

手元の紙を、ブツブツと呟《つぶや》くように読み始める小鞠。

……俺はその横で頭上の木の枝を見上げる。

葉っぱの隙間からのぞく空の雲は、吸い込まれそうなほど高くて、夏の気配はどこにも残っていない。

3年生が去り、文芸部は1年生が四人になった。

まだ実感はわかないが、正直心細さを感じている。

――風に揺れる枝の音。

小鞠の声に応えるように、小さく響く鳥のさえずり。

不思議なほど穏やかな空気に包まれながら、俺は小鞠の思いつめたような横顔を眺める。

思えばここしばらく、小鞠はこんな顔ばかりしていた気がする。

小鞠は先輩たちに文芸部を託された。

そして俺が託されたのは、小鞠を支えることだったはず。それにもかかわらず、俺は小鞠が倒れるまで何もできなかった。

――夕暮れの教室で、一人で背伸びをして手を伸ばす小鞠の姿。

なぜかそれが俺の脳裏をかすめた。

想像の中の小鞠はずっと独りで。

届かないと分かっているのに、いつまでも手を伸ばし続けている。

「……やっぱり、活動報告は俺がするよ」

俺の口をついた言葉。

小鞠はビクリと震えて顔を上げる。

「だ、だから、わ、私がやるって……」

「部長会は明後日だぞ」

焦りに似た感情。

これは小鞠に対してではなく、きっと――。

「わ、分かってる。で、でも」

「このままじゃさすがに無理だって。俺だってそういうのが得意なわけじゃないけど、少しくらいは何かさせてくれないか」

小鞠《こまり》が迷うように口を開きかけた刹那、俺の言葉がそれを塗り潰す。

「活動報告なんて原稿読むだけなんだから、無理せず俺に任せて――」

そこまで言って、ようやく自分の誤りに気付いた。

小鞠の目元が暗く沈む。

「な、なんで……無理とか、そんなことばかり、い、言うの？」

小鞠は原稿をじっと見つめて、絞り出すような声を出す。

「いや、そういう意味じゃ……」

「ぬ、温水《ぬくみず》には簡単でも。わ、わたし頑張って練習して、少しずつでもできるように、なって」

小さな背中が震えだす。

「小鞠のやってきたことを否定してるわけじゃないんだ。部長になって張り切るのは分かるけど、もう少し――」

「ぶ、部長なんて、やりたくなかったよ！」

小鞠は勢い良く立ち上がる。

「た、玉木《たまき》先輩のこと、ずっと部長って呼んでて、やっと思い出にできそうだったのに、そしたら、わ、私が部長って呼ばれて、なんか頭の中、わけ分かんなくなって……」

うつむいた小鞠の足元に、涙が染みを作る。

落ちた涙が広がるたびに小鞠の姿が小さくなるような、そんな錯覚が俺を襲う。

「……小鞠。もし部長をやるのが重荷なら、もう一度みんなで話し合うから」

「わ、私がするしか、ないじゃないっ！」

小鞠の叫び。

その悲痛な響きに俺は言葉を失った。

しばらく肩で息をついていた小鞠が踵《きびす》を返して歩きだした。

俺が後を追おうと立ち上がると、小鞠は背中を向けたまま叫ぶ。

「つ、ついて来るなっ！」

明確な拒絶の言葉。その言葉に足が動かなくなる。

俺は小鞠の姿が見えなくなるまで、身じろぎ一つせず、その場に立ち尽くしていた。

「お待たせー、温水君ここにいたんだ」

いつも通りの明るい声が、俺の意識を引き戻した。

俺は目が覚めたような心地で、八奈見《やなみ》の顔を見る。

「八奈見さん。あの、実は……」

「あれ、小鞠ちゃんどこ行ったの？」

八奈見はチュロスを手に、辺りをキョロキョロと見回す。

「……ごめん、やってしまった」

頭を下げようとして、力が抜けてベンチに座り込む。

不思議そうに俺を見ていた八奈見《やなみ》が、隣に腰かけてくる。

「なんかめずらしく深刻そうだね」

八奈見はチュロスをかじりながら空を見上げ、眩《まぶ》しそうに目を細める。

「いや、あの……ごめん、俺……」

「言いにくかったらいいよ。私に何かできることはある？」

俺は黙って首を横に振る。

八奈見は「そっか」と呟《つぶや》くと、もう一口チュロスをかじった。


……どのくらい時間が経《た》ったのだろうか。

暗い考えから逃れるように閉じた目を、ゆっくりと開ける。

空は変わらず明るくて、穏やかな木漏れ日がさしている。

八奈見はきっと帰っただろう。

そう思いながら横を見ると、八奈見はベンチに静かにたたずんでいた。

見られているのに気付いた八奈見は、いつも通りの笑顔を向けてきて。

俺はなぜだか泣きそうになった。

◇
のんほいパークに行った代休明けの翌日。

何事もなく授業が終わり、ＨＲの時間になった。

甘夏《あまなつ》先生は手に付いたチョークを払いながら、大声を張り上げる。

「よーし、連絡事項は以上だ。先生は遅くまで仕事で帰れないから、お前らは放課後の自由をよく嚙《か》みしめるように。はい、解散！」

クラスの連中は三々五々、しゃべりながら席を立つ。

俺は席に座ったまま思案に暮れていた。

あんなことがあったばかりで、部室に行くのはさすがに気まずい。だからと言って、このまま頭を抱えていても何も解決しない。

思考の袋小路で迷う俺をふわりと花のような香りが包む。

脳内を流れ出す、おなじみのＢＧＭ。

「温水《ぬくみず》君、お悩みみたいだね？」

思いがけず話しかけてきたのは姫宮華恋《ひめみやかれん》。

相変わらずの華やかさ。その眩しさに俺は思わず目を細める。

「え……なに……？」

「みなまで言わなくても大丈夫。あなたの姫宮華恋《ひめみやかれん》が、ちょちょーいと当ててみせましょう」

額に指を当て、考えるふりをする姫宮さん。

「あの、俺は別に」

姫宮さんは大きな瞳をキラリと光らせ、俺に指を突き付けてきた。

「ズバリ、お腹が空いてるんだね！」

「いや、別に空いてない……」

「あれー、杏菜《あんな》ならこれで大体当たるんだけどなー」

八奈見《やなみ》と一緒にされても困る。

「えっと……姫宮さん、俺になにか用でもあるの？」

彼女はしゃがんで俺の机に両肘《りょうひじ》をつく。

「温水《ぬくみず》君と杏菜の共通点を探してるの。なんで二人は友達になったのかなーって」

教室に八奈見を探すが姿が見えない。

姫宮さん、なんでこんなことを聞くんだ。正直、今それに付き合う元気はないんだけど……。

俺は恐る恐る言葉を選んで答える。

「それはその、同じ文芸部だから」

「おっと。杏菜が文芸部に入る前から、二人に接点があるのはお見通しだよ」

姫宮さんは机に身体《からだ》を伏せると、上目遣いで俺を見る。

「私の見立てだとね。あの子と君のテンションが、なーんかリンクしてる気がするの」

姫宮さんが気味の悪いことを言いだした。

「たまたまだって。それにどうしてそんなこと気にするんだ？」

「杏菜、今日はちょっと様子が変かなって。親友になにかあれば、その原因を探りたくなるもんだよ」

八奈見の様子がおかしいのは、きっと昨日のことをあいつなりに気にしているのだろう。

そして親友設定は八奈見の妄想じゃなかったんだ……。

「部誌に載ってた杏菜の小説も君のことなんでしょ？」

「え、なにが？」

唐突に話が飛んだぞ。

八奈見の書いたコンビニ飯を食う小説と、俺になんの関係があるのか。

「小説に出てきたクラスメイトだよ。杏菜の小説って私小説ってやつだよね」

「あれは一人称なだけで、書いたものと現実とは関係ないから」

「そうなの？」

一人称が作者の実体験なら、俺は相当なモテ男だ。

……少なくとも部活仲間を傷付けて、突き放されるような真似はしないはずだ。

何と説明して良いか迷っていると、

「華恋《かれん》ちゃん、お待たせー」

八奈見《やなみ》がいつもの軽さで現れた。姫宮《ひめみや》さんが笑顔で立ち上がる。

「待ったよー、待ちくたびれて幽霊になっちゃうよ」

「ごめんごめん――って、温水《ぬくみず》君じゃん。今日は文芸部に行かないの？」

「それは……」

口ごもる俺を、八奈見は真面目な顔で見つめてくる。

「華恋ちゃん、ごめん。やっぱ今日の買い物、草介《そうすけ》と二人で行ってきて」

姫宮さんは驚いた顔をして、俺と八奈見を見比べる。

「温水君と用事があるなら、終わるまで待ってようか？」

「ううん、大丈夫。ちょっと長くなりそうだし」

「りょーかい。それじゃまた明日」

姫宮さんは八奈見と掌を軽く合わせると、俺に目配せをしてから教室から出ていく。

……なんか話が勝手に進んでいるぞ。

黙って成り行きを見守っていた俺に、八奈見が腰に手を当てて言った。

「温水君、ちょっと顔貸して？」

◇

文芸部活動報告　～秋報　八奈見杏菜《あんな》『あきらめません、言うまでは』

今朝の私は今までとは少し違います。今日こそ彼におはようと挨拶するために、完璧な計画を立てたのです。

いつもより早い時間に家を出て、通学路のセブンイレブンのイートインコーナーに陣取りました。これまではレジでホットスナックを追加したり、ホットドッグを温めてもらってるうちに、彼は先に行ってしまいました。

だから私がたどり着いた結論は、焼つくねおにぎりです。

なぜなら焼つくねおにぎりはレジを通すだけで食べられるので、彼の姿を見たらすぐに追いかけられるからです。

軟骨入りの焼つくねは甘辛いタレと一味マヨネーズの取り合わせが絶妙で、温めなくても同じくらい美味《おい》しいのが特徴です。

そして一緒に頼んだホットカフェラテはミルクの泡まで美味しいので、最近すっかりはまっています。

コーヒーマシンが豆を挽《ひ》く音を聞いていると、後ろに誰かが並んでいます。

「あれ、A子さん。甘いジュース以外も飲むんだ」

声をかけてきたのはクラスメイトの××君です。

口が悪くて、いつも気にさわることばかり言ってきます。

手に持っているのはアイスコーヒーのカップです。可哀《かわい》そうに、カフェオレの美味《おい》しさを知らないのでしょう。

私は××君を無視すると、窓の外を眺めます。

私は驚きました。彼が交差点で友達と信号待ちをしているのです。

いつもより早い時間に家を出たので、すっかり油断していました。

コーヒーマシンのカバーを開けようとしましたが開きません。安全のためにロックされているのです。

足踏みをしながら待っていると、ピーピーと音がしました。カフェオレが完成しました。

カバーを開けて、カップのフタを閉めたら完成です。

交差点の信号がちょうど青に変わりました。急げば追いつくかもしれません。

慌てて自動ドアから出て行こうとした私は、同じくらい慌てて中に戻ります。

そう、砂糖を入れるのを忘れたのです。

私を目がけて××君が何かを放ってきました。空中でキャッチすると、それは砂糖です。私が入れ忘れたのに気付いたのでしょう。

だけど私はそのままイートインコーナーに戻ります。

「A子さん、砂糖じゃなかったの？」

私は何も言わずにカフェオレのフタを開けました。

××君にはどうせ分かりっこありません。

カフェオレには砂糖を二つ入れる。それが私のこだわりなのですから・・・。

◇

目の前では、作り立ての焼うどんが湯気を立てている。

俺は学校近くのうどん屋のカウンターで、八奈見《やなみ》と並んで座っていた。

「なんで俺たち、焼うどんを頼んでるんだ……？」

顔を貸せと言われて、説教の一つもされるかと思えばうどん屋に連れてこられたのだ。

俺の当然の疑問に、八奈見は「いただきます」の声で応える。

「あ、はい、いただきます」

「そして食べる前に温水《ぬくみず》君に大切なお知らせがあります」

八奈見は皿に箸を突き入れると、大胆に麺を持ち上げる。

「私、この2か月で2kgのダイエットに成功しました」

「え、嘘だよね？」

ツッコミは早い方がいい。

大口を開けていた八奈見《やなみ》は、俺をジロリと睨《にら》んでくる。

「夏場に増えた３kgを、ひと月で２kgも戻したんだよ？　凄《すご》くない？」

トータルではまだ増えてるぞ。

「凄いとは思うけど、なんで今の食生活でやせるの？　病院とか行った方が良くない？」

「普段の食事に気をつかってるんだって。お代わりをしない、大盛りを頼まない。それを固く守った節制生活を送ってるんだよ」

そう言って麺を豪快にすすりこむ。

そのダイエット法でやせるって、今までどれだけ食ってきたんだ……？

俺たちはしばらく黙って食べ続ける。半分ほど皿を空にした頃、八奈見が箸を置いた。

「それで、小鞠《こまり》ちゃんとは話をしたの？」

「……いや」

説教を覚悟して身構える俺に、八奈見は「ふうん」と軽く答えて水を飲む。

「なにも言わないのか？」

「言わないよ。ひょっとして叱って欲しかった？」

俺は一瞬、言葉を失う。八奈見はコトンとグラスを置いた。

「叱られて楽になろうなんてさ、それはいかんよ温水《ぬくみず》君」

「……かもな」

ようやくそれだけ言うと、俺は焼うどんを口に詰め込む。

「好き好んで貧乏くじ引くのが温水君じゃん。らしくいきなよ」

好きで引いてるわけではないぞ。

「昨日は小鞠にひどいこと言っちゃったからさ。さすがの俺でも反省してるんだ」

「あー、それは温水君が悪いね。女心を全然分かってない」

八奈見は再び箸を手に取った。

「一方通行じゃダメなんじゃないかな。小鞠ちゃんとしっかり話をしたの？」

「話はちゃんと――」

グラスに伸ばしかけた手をとめる。

俺はただ、自分の気持ちばかりを押し付けて。

小鞠の気持ち、そこにどれだけ踏み込めたのだろうか。

「自分の気持ちを伝えるだけじゃ、会話じゃないんだよ。相手の気持ちと言葉も引き出してあげなくちゃ」

「相手の気持ち……」

それこそ俺の苦手分野だ。付け焼き刃の人付き合いで、俺は小鞠を傷付けた。

だけど反省という言葉を言い訳に、自分のしたことから逃げるのはあまりに卑怯だ。

再び思考の渦にハマりそうな俺を、八奈見《やなみ》は笑顔で現実に引き戻す。

「ま、考え過ぎてもなんだからさ。もう少し心のままに気楽にいきなよ」

「心のままにいった結果が今なんだろ」

「一回どん底に落ちただけじゃん。どん底から上る方法が知りたければ、経験者の私に任せなさい」

八奈見が……？　でもまだこいつ、底にいるんじゃないかな……多分。

とはいえ、蜘蛛《くも》の糸が下りてくるのも地獄の底にいる時だけだ。

「せっかくだし教えてもらおうか」

「嫌われたってなんだって。小鞠《こまり》ちゃんの気持ちをとことん考えて、話し合って。それでいつも通りにお節介を焼いてあげなよ」

「俺のことだし、またやらかすかもしれないぞ」

八奈見は空になった皿の前、花かつおの付いた口でニヤリと笑う。

「安心して。骨は私が拾ったげる」

……次こそはキッチリ火葬にしてもらえそうだ。

俺は八奈見に負けじと、残りの焼うどんを豪快にすすった。

◇

市電の車窓から、ぼんやりと外を見る。

さっき八奈見が言ったことはきっと正しい。

俺は中途半端に手を出して、上手くいかなくなったからって手を引こうとして。

相手の気持ちを考えたつもりで、傷つけてからいつも間違いに気付く。


すでに暗くなり始めた街並みを眺めていると、窓ガラスにポツリと水滴が丸く広がった。

次の瞬間、街は突然の雨に覆われた。

傘、持ってないな。電停から家まで走って濡《ぬ》れるか、歩いて濡れるか。

「どうせ濡れるんなら、歩いた方がましだな……」

歩くと決めて市電から降りると、待ちかねたように雨足が強まる。

やはり走ろうかと思った刹那、頭上に傘が差しかけられた。

驚いて立ち止まると、そこには笑みを浮かべた佳樹《かじゅ》の姿。

俺はなぜかその眩《まぶ》しさから逃れたくて、わずかに視線を逸《そ》らす。

「迎えに来てくれたのか」

「はい、心配で来ちゃいました」

俺は差し出された傘を受け取る。

「あれ、傘は一本だけ？」

「それが、慌ててたので自分の分を忘れちゃいました」

佳樹《かじゅ》は自分の頭をこつんと叩く。相変わらずそそっかしいやつだ。

兄妹で一本の傘に身を寄せながら帰路につく。

「俺があの電車に乗ってるって、よく分かったな」

「えへへ、愛ですね」

佳樹の冗談を聞き流し、雨にかすむ景色に目をやる。

傘を忘れた女子中学生の集団が、はしゃいだ悲鳴を上げながらすれ違う。

無意識に目で追うと、佳樹が俺の顔を両手で挟んで自分に向けてくる。

「お兄様、昨日なにかありましたか？」

「え……どうした急に」

「お出かけから帰ってきてから、心ここにあらずです。佳樹もさすがに心配です」

態度には出さないようにしていたつもりだが、佳樹に心配をかけていたようだ。

「それが知り合いを怒らせて――」

……いや、違う。傷つけたと言う方が正しいのだろう。

こんな時にも言葉を飾る自分自身に感じる、後ろめたさと罪の意識。

言葉が続かず歩き続ける俺の横を、佳樹は少し小走りで付いてくる。

気付かないうちに歩幅が広くなっていた。慌てて足を緩めると、佳樹はクスクスと笑い出す。

「――お兄様って、佳樹のことが大好きですよね」

え？　思いがけない言葉に、俺は思わず立ち止まる。

むしろブラコンなのは佳樹の方だろ……。

「だとしても兄妹愛の範囲で、だぞ」

「そうですか？　むかし佳樹が歩き出したころ、次の一歩で転ばないか、ハラハラしながらずっと見守ってくれましたよね。佳樹はしばらく、お兄様のことをお父さんだと思ってましたもん」

佳樹の中では、わりと複雑なことになってたらしい。

「というか、佳樹が歩き出したの1歳だろ。覚えてるのか？」

「はい、お兄様がらみの記憶だけは鮮明に」

当然とばかりに言い切る佳樹。

「保育園でも佳樹が泣いちゃうと、すぐに駆けつけてくれました」

「兄だからな、普通だろ」

「ですね、お兄様と佳樹の間では普通です」

佳樹は上機嫌で一人で歩き出す。俺は傘を持つ腕を伸ばしながら後を追う。

「小学校では本当に色々ありました。だけどお兄様は友達と遊びもせず、ずっと佳樹《かじゅ》に付き合ってくれました」

それは俺に友達がいなかったからです。

「中学に上がるときも、心配して色々教えてくれました。手描きの校内水道マップは、ラミネート加工して大切に保管してます」

俺、そんなのあげてたっけ。

黒歴史に内心で身もだえていると、佳樹はそっと手に触れてくる。

「お兄様はいつも佳樹を心配して、時には叱ってくれました。だけど、決して自分の考えを押し付けたりはしませんでした」

「……佳樹には佳樹らしくいて欲しかったからな」

俺の言葉に、佳樹は悪戯《いたずら》っぽく笑う。

「でも、お兄様色に染めてくれても良かったんですよ？」

「それは勘弁してくれ」

思わず口から笑いがもれる。

「お兄様、ようやく笑ってくれた」

佳樹が俺の何倍もの笑顔で明るく言った。

そういえば、昨日からずっと暗い顔をしていた気がする。八奈見《やなみ》のやつも、こんな沈んだ俺によく付き合ってくれたものだ。

　苦笑いをする俺に、佳樹が優しく語りかけてくる。

「お兄様にはいつも笑っていて欲しいです。そして笑っているお兄様の隣にいるのが、佳樹の願いなんです」

「いつも笑ってるのか。地味に大変そうだな」

「佳樹はよくばりですから。……では、お兄様の願いはなんですか?」

　その問いかけに思わず足をとめた。

　佳樹は真剣な顔で俺を見る。

「佳樹には、佳樹らしくいて欲しいと言ってくれました。なら、お兄様が傷つけてしまったその方には――お兄様は、彼女にどうあって欲しいと願っているのですか?」

「それは……」

　心に浮かぶのは、植物園での小鞠《こまり》の小さな、周りを拒絶する後ろ姿。

　あの時、俺が口にしたことはけっして間違ってはいなかったと思う。

　だけど俺が選んだのは自分にとってだけ近道の、そんな方法だ。

　俺は小鞠の考えを変えようとか、そんなことを思っていたのかもしれない。

　それはただのエゴだ。

　同じエゴなら、俺がするべきことは――。

俺は照れ隠しに顔を逸《そ》らしながら、鼻の頭をかいてみる。

「……ありがとな」

「お兄様のお役に立てましたか？」

「ああ、なんとなくだけど自分がどうしたいか分かり始めた気がする」

「それはよかったです。彼女と上手くいくといいですね」

「俺なりにどうにかしてみるよ」

いつの間にか雨はやんでいる。

傘を閉じると、早くも途切れ始めた雨雲の合間から、明るい月が見えた。

「お兄様、月が綺麗《きれい》ですね」

佳樹《かじゅ》はボソッと呟《つぶや》くと、なぜか逃げるような足取りで歩き出す。

……あれ、そういえば。

「俺、相手が女子だなんて言ったっけ」

佳樹の足が止まる。そして俺を拗《す》ねたように睨《にら》むと、可愛《かわい》らしく舌を出した。

「女の勘です」

◇

翌日の放課後。

ツワブキ祭の終了後、新体制で初めての部長会が今から開催される。

俺は会議室前の廊下で八奈見《やなみ》と行きかう生徒を眺めていた。

まだ小鞠《こまり》は会場に姿を見せていない。

「……で、まだ小鞠ちゃんと話できてないんだ」

八奈見の呆《あき》れた視線。俺は目を逸らす。

「話をするタイミングってあるだろ。ラノベ買っても、あえてしばらく積んどいたり」

「読まない本をなんで買うのよ」

だって欲しいんだもん。

「とにかく小鞠が通りかかったら、ちゃんと話をするからさ。一応、菓子折りも持ってきたし」

「……菓子折りって。社会人じゃないんだから」

そうなの？　お詫《わ》びには菓子折りだって、ネットの知恵袋に書いてあったのに。

八奈見は俺が手に持つ紙袋をのぞき込む。

「あ、おつつみフィナンシェじゃん。仕方ないな、私が預かっておいてあげる」

「なんで？　八奈見さん、ちょっと引っ張らないで。だから開けちゃダメだって」

こいつ、しつけの悪い大型犬か。

紙袋を引っ張り合っていると、白い瞳が俺たちの間でドロリと光った。

「廊下で……騒がない……」

「「にゅあっ?!」」

志喜屋《しきや》さんの登場に、俺と八奈見《やなみ》は思わず飛びのく。

「先輩、どうしてここに――」

って、そういやこの人、生徒会役員だったな。部長会の開催は生徒会の仕事だ。

「すいません、うちの小鞠《こまり》を見ませんでしたか。会議に出席予定なんですけど」

「小鞠……あの小さな子……?」

「はい。彼女はこういう場に慣れてないので、なんかあったらサポートしてもらえたら」

「サポート……」

志喜屋さんはなぜか八奈見を凝視すると、大きく頷《うなず》く。

「痴情……もつれ……色々……ある」

ないです。

志喜屋さんは俺の肩をポンと叩くと、フラフラと会議室に入っていく。

分かってくれたんだろうか……無理だろうな……。

それまで黙っていた八奈見がぼそりと呟《つぶや》く。

「あの人、ちょっと怖いよね」

もう少しオブラートに包もう。先輩だし。

……開始時間が近付いてきた。会議に出席する生徒が、急ぎ足で会議室に入っていく。

その中にまじる小柄な女生徒の姿は小鞠だ。俺が駆け寄ると、小鞠は驚いて立ち止まる。

「小鞠、ちょっと待ってくれ」

「な、なに……？」

小鞠は紙束を胸に抱きしめ、怯《おび》えた瞳で俺を見上げる。

「えーと、その……この前のことを謝りたくて」

「い、今から会議だから。あ、後にして」

小鞠は俺を残して部屋に入る。

「あれ、フラれちゃったね。小鞠ちゃん、激おこじゃん」

八奈見がモチャモチャとお菓子を食べながら肩をすくめる。

「……八奈見さん、なんで食べてるの？　菓子折り開けたの？」

「大丈夫、１個だけだよ」

「あーあ、勝手に――」

ふと、小鞠の怯えた表情が頭をよぎる。

小鞠にあんな顔をさせるなんて、菓子折り以前の問題だ。

もしかして八奈見は、それを俺に伝えようと勝手にお菓子を……？

「どしたの、泣くんなら胸貸そうか？」

口元に食べカスを付けた八奈見《やなみ》が、二つ目のお菓子を手に首を傾《かし》げる。

……うん、俺の考え過ぎだな。

こんなやり取りをしているうちに、目の前で会議室の扉が閉められた。

部長会が始まったのだ。

◇

会議開始から15分が経過した。

部屋の前で聞き耳を立てていると、中の様子が漏《も》れ聞こえてくる。

生徒会からの報告が終わり、各部の活動報告が始まっている。それそろ文芸部の順番だ。

緊張する俺の耳にガサガサという音が聞こえる。

菓子折りを入れた紙袋に、八奈見が手を突っ込んでいるのだ。

「八奈見さん、ホントそれで最後だから。ホントだからね」

「分かってるって。私を食欲オバケみたいに言わないでよ」

会議はちょうどハンドボール部の報告が終わったところだ。

『では次は文芸部、報告をお願いします』

聞こえてくる声は副会長の馬剃天愛星《ばそりていあら》だ。

俺は扉を少しだけ開けると、コッソリ中をのぞく。

「ね、もう少し頭下げて」

八奈見が俺の背中にのしかかってくる。重暑い。

背中の感触を無視しながら、部屋の様子に注意を戻す。

部屋の中では、パイプ椅子を倒しそうになりながら、小鞠《こまり》がぎこちなく立ち上がるところだ。

掌に書いたメモを見ながら、裏返った声で話し出す。

「わ、わた、し、文芸のっ、ぶ、でっ、こっ、こま――」

……よし、もう一息だ。俺は思わず拳を握りしめる。

小鞠は小さく咳きこむと、卓上に配られた水のペットボトルを飲もうとして、フタを取り落とす。

長机を四角く並べた会議室の真ん中に、コロコロとペットボトルのフタが転がった。

――小鞠知花《ちか》、完全に沈黙。これはマズイ。

と、それまで虚ろにたたずんでいた志喜屋《しきや》さんが話し出す。

「文芸部……小鞠知花……今後とも……よろしく……」

助け舟というわけか。小鞠は青い顔をしてコクコクと首を縦に振る。

副会長の天愛星さんはチラリと壁の時計に視線を送った。

「それでは続いて活動報告をお願いします」

「あっ、あの、はい……っ！」

小鞠《こまり》は慌てて紙束を手に取るが、緊張してそれを取り落とす。

床一面に散らばる原稿。再び固まる小鞠。

副会長の天愛星《ていあら》さんの声が響く。

「文芸部、大丈夫ですか」

「えっ、あ、はい、あの」

「報告がないようなら座ってください」

その言葉に、小鞠は慌てて原稿を拾い出す。

「え、あの、ま、待って……」

「すいませんが時間が押しています。それでは次、放送部――」

……俺は思わず目をつぶる。

残念ながら、小鞠の挑戦は失敗だ。

他の出席者は困惑しているかもしれないが、とはいえ、言ってしまえばそれだけのことだ。
二、三日もすれば皆の記憶の隅に追いやられて、思い出しもしない一幕――。
だけど……小鞠にとってはそうではない。

おそらくはこの先もずっと、つらい記憶として残り続ける。

俺が目を開くと、小鞠はまだ黙って立ち尽くしている。
だけど微動だにしない小鞠の中で何かが崩れ落ちそうな、そんな気配を感じる。
もちろん俺の一方的な思い込みかもしれない。
だけど俺は、小鞠のこんな姿をみんなの前にさらすのが嫌だ。

俺は小鞠に変わる役目を押し付けて。
安全なところから、小鞠じゃなくて自分が間違えないことばかり考えていた。

——悪いが小鞠、間違うのは俺だ。

次の瞬間、俺は扉を思い切り開け放った。
部屋中の視線が俺に集まる。
俺は何も考えず部屋に入ると、小鞠の隣に立つ。
突然現れた俺を、信じられないとばかりに小鞠が見つめてくる。
もちろん後先なんて考えていない。

だから俺は、こんなことを勢い任せに口にした。

「――すいません、遅れました。文芸部部長の温水和彦《ぬくみずかずひこ》です」


困惑にも似た空気が部屋を覆う。

天愛星《ていあら》さんが眉をしかめながら手元の紙を見る。

「こちらの名簿には名前がありませんが。部長変更の手続きは済んでいますか?」

剣呑な表情で俺を睨《にら》む天愛星さん。

と、それまで沈黙を保っていた生徒会長が口を開く。

「手続きの有無は些事《さじ》にすぎない。進めたまえ」

「はい、ありがとうございます」

胸を撫《な》で下ろす俺を、今度は小鞠《こまり》が睨みつけてくる。

「……ぬ、温水。な、なにしにきた」

「とりあえずこの場は俺に任せろ。原稿を貸してくれ」

手を差し出すが、小鞠はうつむいて小刻みに震えるばかりだ。

「……小鞠?」

「ふ、ふざけっ、るなっ!」

突然、小鞠は原稿を俺の顔に投げつけてくる。

「ちょっ、待――」

「わ、私がっ、ど、どんな気持ち、でっ！」

さらに俺に向かってペットボトルを投げつけると、小鞠は部屋を飛び出していく。

この展開に部屋中が静まり返る。

俺は倒れたペットボトルを拾い上げながら、水で濡《ぬ》れた前髪をかき上げた。

せめてフタをしてくれてたらな……。

「あなた……大丈夫ですか？」

さすがの天愛星さんも気の毒そうに俺を見る。

「問題ありません。文芸部の活動報告を始めます」

俺は開き直って微笑むと、水のしたたる原稿を手に取った。

◇

部長会が終わった。

俺は立ち上がる気力もなく、人気《ひとけ》のなくなった会議室にたたずんでいた。

「温水君、やらかしたねぇ」

ガシャリ。八奈見《やなみ》がパイプ椅子を隣に置いて腰かけてくる。

……やはり俺、やらかしたか。

机に突っ伏す俺の背中を、八奈見がトントンと叩いてくる。

「けど、しょうがなかったよね。はい、ラス1は温水《ぬくみず》君にあげる」

「……お菓子がなんで残り1個になってるの？」

俺が受け取らないと見ると、八奈見はペリペリと包みを剝《は》がしだす。

「温水君が悪者になれば、小鞠《こまり》ちゃんの失敗が吹っ飛ぶっていうか、あの子の気持ちは温水君への怒りで上書きできるけどさ」

八奈見はお菓子を唇で挟んで半分に折る。

「小鞠ちゃんも温水君を悪者にするのはつらいんじゃないかな。はい、半分残しといたよ」

そう言うと、俺の手にお菓子の残りを握らせてくる。

……なんでこいつ、食べ残しを俺に渡してきた。

固まる俺をからかうように見てくる八奈見。

「温水君、私の食べかけだからって、そんな意識しなくてもいいんだよ？」

ええ……普通に他人の食べかけとか嫌なんだけど。

ああもう、あれこれ考えるのが面倒くさい。俺はお菓子を口に放り込む。

「とにかく小鞠を追いかけよう。あいつどこ行った？」

「なんか走って行っちゃったから、見失っちゃって」

「分かった。じゃあまずは一緒に心当たりを――」

「待って温水君。手分けして探さないの？　私と一緒に行くつもり？」

「え、でも、一人で小鞠と何を話していいか良く分かんなくて。つまり……」

八奈見は無言で俺にジト目を向けてくる。

「えっと……ちょっとへたれただけです。はい、頑張ります」

俺は八奈見の視線から逃れるように、勢い良く立ち上がった。

◇

すでに日は沈み、急ぎ足で夜が夕暮れを塗り潰している。

俺は西校舎から外に出ると、月の浮かぶ空を見上げた。

部室と小鞠の教室、図書室、心当たりの手洗い場……。

一通り探し回ったが、小鞠の姿は見つからない。

自転車はまだあるし、校内のどこかにいるはずだ。残るは――。

「……女子トイレか」

さすがにトイレはまずかろう。いやしかし、いまこそ限界を超えるべき時なのか……？

一人でソワソワしていると、校舎の角から背の高い男子が姿を現した。

部長改め玉木《たまき》先輩だ。俺に手を上げて駆け寄ってくる。

「先輩。あの、実は」

玉木先輩は何も言うなとばかりに頷《うなず》く。

「八奈見《やなみ》さんから話は聞いた。古都《こと》と焼塩《やきしお》さんにも探してもらってるから、お前は心配するな」

「あ、はい……」

その目を真っすぐ見られず思わず顔を伏せる俺の胸を、玉木先輩が拳で軽く叩く。

「ありがとう、よくやってくれたな」

俺はよくやった……のか？　あれで？

ただの気休めで言ってくれたのかもしれないが、揺れる気持ちがそれで収まったような、そんな気がする。

「……俺、もう少し小鞠《こまり》を探してみます」

「ああ、俺も心当たりを探してみるよ」

玉木先輩と別れて、俺は西校舎の外側を端まで歩く。

と、その奥に旧校舎が薄暗くそびえたっている。

……なんでここを忘れていたのだろう。

小鞠と対面するのが怖くて、無意識に避けていたのかもしれない。

俺は大きく深呼吸をすると、旧校舎の非常階段に向けて歩き出した。

◇

最初は八奈見の手作り弁当を食べるために、呼び出されたのがきっかけだ。

それが終わってからも一人になりたい時にはここに来るようになって、いつの間にか小鞠も顔を出すようになった。

そういやなんであいつ、文句を言うくせに俺と同じ階に来るんだろ……。

非常階段に足を踏み入れると、カチカチと音を立てて蛍光灯が点《つ》いた。

旧校舎横の暗い一角に、非常階段の灯りだけがぼんやりと浮かぶ。

俺は非常階段を一段ずつ、ゆっくりと上っていく。

「……ここにいたのか」

二階の踊り場に小鞠の姿があった。

蛍光灯の冷たい明かりの中、ポツンとたたずむ小さな身体《からだ》。

「な、なんで来た……」

「ちょっと小鞠と話がしたくて」

俺は小鞠《こまり》のそばに行こうとして足を止める。

見えない壁があるように、踏み込めない距離を感じたのだ。

「小鞠、さっきは――」

「ど、どうして、あんなこと……した」

うつむいたまま、地を這《は》うような低い声。

「ごめん。余計なお世話だと思ったけど、俺は」

「余計なお世話、だっ！」

小鞠は顔を上げ、俺が踏み込めなかった距離を詰めてくる。

「な、なんでなのっ?! わ、私が一人でも、できるって！ や、やってみせないと、いけなくて！」

小鞠は顔を青ざめさせ、よろめきながら大きく息継ぎをする。

「な、なんでいつも、ぬ、温水《ぬくみず》は――」

声がかすれて言葉が詰まると、小鞠はスマホを取り出した。

肩で息をしながら、一心に画面を叩き始める。

俺のスマホから、ポンと雰囲気に合わない軽快な音がした。画面を見ると、小鞠からのメッセがLINEに届いている。

目の前の小鞠から送られたメッセージ。俺は戸惑いを隠せずにアプリを起動する。

『4月に文芸部に入ってから、ずっと1年生は私一人で』

小鞠は震える両手でスマホを握りしめ、両目一杯に涙を浮かべて。叩きつけるように画面に指を走らせている。

LINEのトークルームに滑るように流れ込んでくる小鞠の言葉。

『たった三人の部活で2年生もいなくて。いつ部がなくなるか分かんなくて。今は楽しくても、先輩たちが卒業したら一人になるって毎日怖くて』

――小鞠は決してスマホに逃げているのではない。

想いを文字で伝えると決めて、真正面から俺に向き合っている。

『温水だって私が言って、ようやく部活に来るようになったでしょ。1年生は四人いるけど、みんなは他にも居場所がある人だから、いついなくなるか分かんないじゃない！』

画面に流れているのは口から出る言葉よりもっと純粋で、小鞠そのもので。

『私には文芸部しかないの！　先輩たちがいなくなるから、一人でここを守らなくちゃいけないの！』

そしてこいつは、俺にだけ毒舌で。

いつも不機嫌そうなくせに、不安になると服の裾《すそ》をつかんでくる。
昼は安い袋入りのパンをかじって、俺の小説を読んで毎回感想をくれて――。

『一人になってもいいように、全部できるようにならなきゃいけないじゃない！』

……たまに嬉しそうに笑いかけてくる。

小さな身体《からだ》で、いつも不安だけど、それでも頑張ろうとするやつだ。

『私は人が苦手だし友達もいないし、なんにもできなくてずっと怖くて。それでもようやく自分の居場所を見つけて』

小鞠《こまり》の指が止まる。

乾いた唇の間から、消え入りそうな声がもれる。

「ど、どうせいなくなるくせに……こ、これ以上、優しくしないで」

——俺は馬鹿だ。

勘違いをしていた。小鞠は俺と同じ側の人間だと思っていた。

俺は一人でも大丈夫で、むしろそれが好きで。

小鞠は違う。一人だと寂しくて、誰かと一緒にいたくて。

でも一緒にいられないことに心を痛める、そんな普通の子だ。

両手でスマホを握りしめ、小さな肩を寒そうに震わせる、ただの女の子だ。

俺は口を開きかけ、思い直してスマホに指を走らせる。

小鞠に返すのは口から出る言葉じゃない。

俺の送ったメッセがトークルームに滑り込むと、小鞠は袖で涙を拭ってそれを見る。

しばらく固まっていた小鞠が、恐る恐る顔を上げた。

「あ、あの、これ、どういう……」

……え？　それこそどういう意味だ。

これは説明が必要なようだな。俺はゴホンと咳払《せきばら》いをすると、小鞠《こまり》に向き直る。

「つまり、あの……俺はわりと好きっていうか」

「ふぇっ!?」

なにその驚き方。萌えキャラか。

「いや、だから小鞠の小説だよ。俺、結構好きだし」

「しょ、小説……？」

小鞠は気が抜けたようにポカンと口を開ける。

「ああ、そうだ。俺は小説書くのそんなに上手じゃないし、お前なしじゃ文芸部の活動は成り立たない。お前は書いてくれ。頼りないかもしれないけど、俺は支える側に回るから。だから小鞠は――」

俺は小鞠から受け取った言葉を、もう一度思い浮かべる。

「一人になるとか言うな」

長い沈黙。

黙ってうつむいていた小鞠は、両手でスマホを胸に抱きしめた。

「……ホ、ホント？」

「え？」

「だ、だから、さ、さっき言ったこと……」

その時、階下から軽快な足音が響いてきた。

誰かが上ってきている——と思った刹那、小麦色の影が視界の端にちらついた。

「小鞠ちゃんをいじめるなーっ！」

「っ!?」

身構える暇もない。突如現れた人影は、俺の後ろから首に腕を回して締め上げてきた。

身体《からだ》が覚えているこの締め方は——。

「や、焼塩《やきしお》！　く、苦し……」

「小鞠ちゃんをいじめるなんて、見損なったよぬっくん！」

振り払おうとするが、焼塩の腕はびくともしない。

やばい、息ができない。死すら覚悟した瞬間、小鞠が慌てながら止めに入ってくる。

「ち、ちが……わ、私、いじめられて、ない」

「え、違うの？」

焼塩が腕を緩《ゆる》めた隙になんとか抜け出す。

「お、お前……さすがに今回は死ぬかと思ったぞ」

「だって、ぬっくんたちが喧嘩《けんか》してるって聞いたからさ。二人のLINEのトーク見て、てっきり小鞠《こまり》ちゃんになんかしたかと思ったじゃん」

とんだ濡《ぬ》れ衣だ。

……あれ、ちょっと待ってくれ。焼塩《やきしお》は今、なんて言った。

と、ぜいぜいと肩で息をしながら、階段から八奈見《やなみ》が姿を現わした。

「檸檬《れもん》ちゃん……ちゃんと話を聞こうよ……」

八奈見はふらつく足取りで、焼塩にすがりつく。

「ごめんごめん。二人の声が聞こえたから、じっとしてられなくってさ」

「ちょっといいか。ひょっとして、俺たちがスマホで話してた内容を知ってるのか……?」

焼塩がキョトン顔でスマホの画面を見せてくる。

「だって二人、ずっと文芸部のグループトークで話してるよ」

「ふぇっ⁈」

小鞠の声が響き渡る。

あたふたとスマホをいじる小鞠を、焼塩がギュッと抱きしめる。

「小鞠ちゃん、ずっと不安だったんだね。大丈夫、一人になんてしないよ。あたしたちこれからも友達だからね!」

「うぇ、あの、苦し……」

焼塩の胸でもがく小鞠を見ながら、肩の荷が下りたような感覚を覚える。

「……ちゃんと話ができたみたいだね」

乱れた髪を直しながら、八奈見が俺の隣に並んできた。

「一応な。小鞠が納得してくれたか分からないけど、お互いに伝えるべきことは言えたと思う」

文芸部のために小鞠がいるんじゃない。

先輩たちは小鞠のために文芸部を残したくて、俺はその想いを託された。

……ただそれだけのことを伝えあうために、こんな大騒ぎをして。

けれどもある意味、俺たちらしい。

「ね、私の言ったとおりでしょ。小鞠ちゃんのこと真剣に考えてあげれば、きっと伝わるって」

こいつ、そんなこと言ってたっけ……？

「細かいところはともかく、ありがと八奈見さん」

俺が素直に礼を言うと、八奈見は少し驚いてから、ニコリと笑う。

「どういたしまして。カリスマコンサル八奈見ちゃん、これにて任務完了です」

……小鞠に一人じゃないとか言っておきながら、さっきまでこいつらのことを忘れていた。

焼塩と八奈見だって、れっきとした文芸部の仲間だ。

もちろん、いつかは疎遠になるだろう。

だけどそれはどんな人間関係でも変わらないし、高校生活だっていつかは終わる。

俺たちは仮初《かりそ》めの繋がりを、繰り返しつかんでは手放して生きていく。それは寂しいけど悲しいばかりじゃない、そんな気がする——。

俺のセンチな物思いを破るように、八奈見《やなみ》がスマホを目の前に差し出してくる。

「え、なに……?」

「トーク読んだけどさ。小鞠《こまり》ちゃんに全部言わせるんじゃなくて、少しは温水《ぬくみず》君からも言ってあげなよ」

「……俺も返事したし。あれで十分だろ」

送ったのは短い文だが、言葉を連ねるのは趣味じゃない。というか恥ずかしい。

「へー、あれからトーク続いてたんだ。どれどれ」

何気なく画面を見た八奈見の表情が固まる。

「……うわ、温水君なに言った」

「え、なにが」

「待って、これは言い訳できないでしょ!? そういうことなの?」

八奈見は俺にスマホを突き付けてくる。

グループトークの画面には、俺が送ったメッセージ。

『俺、ずっと一緒にいるから』

……？　別に変なこと言ってないよな。

「これからも文芸部にいるつもりだし。辞めないからって意味だけど……」

「おぉ……温水君、天然だったか」

八奈見は呆《あき》れ顔で天を仰ぐ。

「本気で意味分からないんだが。俺、セクハラでもした？　#MeToo案件？」

「……ほんっと、そういうとこだよ温水君」

八奈見は肩をすくめると、いちゃつく焼塩《やきしお》と小鞠の間に割って入る。

「ねえ小鞠ちゃーん、温水君こんなこと言ってるんだけどー」

「ざ、残念ながら、し、新部長はそういう男だ」

「ぬっくんは部長なんだから、しっかりしてもらわないとねー」

ええ……3対1はズルすぎる。1対1でも勝てる気しないのに。

あれ、いまこいつら俺のこと……？　俺は恐る恐る手を上げる。

「あの、部長のことなんだけど。俺でいいのか？」

三人娘は顔を見合わせると、なぜか大声で笑いだす。

なんなんだ。これが数の暴力というやつか。

小鞠《こまり》が女子の輪から抜けて、一歩俺に向かって足を踏み出す。

「ぬ、温水《ぬくみず》。言ったからには、せ、責任とれ」

「えっと、それはつまり……」

小鞠は前髪の間から、はにかんだ笑顔で俺を見上げてくる。

「逃げられない、からな。頼むぞ――部長」

エピローグ　ツワブキ高校旧校舎　非常階段四階　踊り場にて

階段を伝って、楽しげな笑い声が響いてくる。

何度目だろうか、古都《こと》はＬＩＮＥのグループトークを読み返すと、涙ぐむ目元を押さえた。

「良かった……本当に良かった……」

階段の踊り場に並ぶ月之木《つきのき》古都と玉木慎太郎《たまきしんたろう》。

下の階から聞こえてくる後輩たちの会話は、古都の涙腺を刺激するには十分だ。

玉木は古都の頭をポンと叩く。

「頑張ったな。よく辛抱した」

「小鞠《こまり》ちゃん、これで大丈夫だよね。慎太郎もそう思うでしょ？」

「ああ、そうだな。古都、少し声を落とさないと、みんなに聞こえるぞ」

「だって……だって私、嬉しくて」

古都は大きく鼻をすすり上げる。

「私ね、小鞠ちゃんが一人で大丈夫なようにとか、人前でお話しできるようにとか。そんなことばかり考えてて……」

玉木がティッシュを差し出すと、古都は音を立てて鼻をかむ。

「でもそれって、私が勝手に正解を決めつけて、小鞠ちゃんに押し付けてたんだよね」

心配していた可愛《かわい》い後輩は、自分の力で一緒にいられる仲間を見つけた。それが古都には何より嬉しい。

「私が思ってたより、あの子は強くなってたんだね」

「……小鞠ちゃんは強いよ。それに温水《ぬくみず》がいてくれるなら安心だ」

その名前に古都は少し意外そうな顔をする。

「へえ、ずいぶん温水君をかってるんだ」

「あれで意外と頼りになるんだぜ。俺があいつに相談したときだって、年下とは思えないくらいの落ち着きでさ」

「……確かに温水君って不思議な子よね」

初めて会ったのは4月の新勧シーズン。

上手いこと言って入部届に名前を書かせて、形だけの部員として登録をした。

小鞠に声をかけさせた時も、本当に来てくれるとは思っていなかった。

「最初はやる気のない幽霊部員で、いてくれるだけでありがたいって思ってたんだけど」

古都は階段の手すりに肘《ひじ》をつく。

「今の1年生って、少し癖の強い子ばかりじゃない？　その中で無色無臭な温水君がいたから、上手くやってこれたのかなって」

「……お前、それ褒《ほ》めてるのか？」

「ベタ褒めよ。つまり温水《ぬくみず》君は『……面白い男だ』ってやつよ」

冗談めかして言いながら、古都《こと》は甘えるように玉木《たまき》にもたれかかる。

「でも、小鞠《こまり》ちゃんを任せるにはもう少し頼りがいが欲しいかな。男は決めるところはバシッと決めないと」

「いいから、小鞠ちゃんのことは温水に任せておけって。あの二人なら、上手くやるよ」

「まるで二人が付き合うみたいな言い方ね」

「それは分からないけどさ。小鞠ちゃんが変な男につかまるより、温水なら安心だろ」

「……なにその元カレ目線」

古都は拗《す》ねたフリをして、そっぽを向く。

「あいつなら俺の小鞠を預けられる、みたいな」

「ま、そんな感覚もあるよな」

玉木がからかうように言うと、古都がジロリと睨《にら》みつける。

「ちょっと慎太郎《しんたろう》！　まさか本当に小鞠ちゃんに手を出してないでしょうね」

「出してないって。お前、大きな声を出すと――」

最後まで言わせない。古都は玉木のネクタイを引っ張ると、強引に唇を奪う。

「！　古都っ、お前ここ学校だぞ?!」

「口を塞がれてあげたわ。少しは静かになったでしょ？」

玉木は赤くなった顔を両手で隠す。

「馬鹿だろ……お前……」

「その馬鹿の彼氏は誰かしら」

古都は楽しそうに笑う。

この騒ぎを聞きつけたのだろう。下の階から、にぎやかな話し声が近付いてくる。

「ほら、みんなに見つかったぞ……」

「いいじゃない、みんなと一緒が楽しいわ」

古都は笑いながら階段を振り返る。


温水がまた余計なことを言ったのだろう。

八奈見《やなみ》が温水にくってかかる大きな声が、非常階段に響き渡った。


『そういうとこだよ温水君！』

あとがき

またお会いできました。雨森《あまもり》たきびです。

負けヒロインは三度負ける。無事、皆様に3巻をお届けすることができました。

3巻の刊行に際しては、今回もまた担当の岩浅《いわあさ》氏に大変ご迷惑をおかけしました。

それどころかこれを書いている今も現在進行形で……ありがとうございます（汗）。

そして、いみぎむる先生には今回も最高のイラストを描いていただきました。

これだけ素晴らしさの上限値が上がっていくと、世界的に可愛《かわい》さの総量規制が行われないか不安ですね。いみぎむる先生に描いてもらう権利が、世界市場で高額で取引される時代が迫っています。

今のうちに『負けヒロインが多すぎる！』と『この美術部には問題がある！』の既刊及び、画集『いみぎむる ART WORKS fruits』を確保しておきましょう。きっと仮想通貨的なあれで凄《すご》いことになります。

……仮想通貨が何か分かっていないので話を戻しますと、今回は表紙になった小鞠《こまり》ちゃんが主人公です。

舞台は3年生の卒業が近付いてきた2学期半ば。

小鞠ちゃんの想いと選択。そして八奈見《やなみ》さんのグルメ紀行――。

読者の皆様にお伝えできていれば幸いです。


そして！　今回は大切なお知らせがあります！

帯をご覧になった方はご存じかと思いますが、コミカライズが開始されます！

コミカライズ版の作者はなんとあの、いたち先生です！　『僕は友達が少ない』のコミカライズを担当されていたので、ご存じの方も多いかと思います。

漫画アプリのマンガワンとＷＥＢサイトの裏サンデーで連載開始されますので、是非ご覧ください！

原作者の役得で先に読ませていただきましたが、本当に面白いです（直球）。

いたち先生の美麗な絵に心奪われただけではなく、漫画としての再構成、キャラクターの再解釈が本当に素晴らしく、私もワクワクしながら読ませていただきました。

原作既読の皆さんも間違いなく新鮮に、もう一つのマケインワールドを楽しんでいただけると思います。


さて、今回も無理を言って後書きの後にページを頂きました。

３敗目が終わった後、幕間の物語をご覧ください……。

頼むよ☆ティーチャー

駅前からほど近い、地元の練り物メーカー直営の居酒屋。

カウンターに並んで座る二人の若い女性が、グラスをカチンと打ち合わせた。

「それじゃ、ツワブキ祭終了お疲れさーん！」

「はい、お疲れさま」

そのうちの一人、小柄な女性は一気に飲み干したグラスを高く掲げる。

「すいませーん、生ビールお代わり！」

県立ツワブキ高校社会科教諭、甘夏古奈美《あまなつこなみ》。花も恥じらう26歳。

やさぐれた高校生にも見える彼女は、居酒屋では身分証明書が必携だ。

「相変わらずペース早いわね。誰かにお持ち帰りされたいのかしら」

隣で怪しく微笑むのは同僚の養護教諭、小抜小夜《こぬきさよ》。

細い指でグラスのしずくをなぞりながら、クスクスと笑う。

甘夏は早くも酔いの回り始めた瞳で、隣の友人をジロリと見つめる。

「小抜ちゃんと違って、誰も持ち帰ってくれませんよーだ」

「古奈美みたいに本気で酔いつぶれたら、持ち帰るより先に介抱されるわ」

「そうかなー。小抜ちゃんって大学の頃はお酒弱かったでしょ。飲みに行くと、よく男に送ってもらってたじゃん」

「あら、あれは酔ったフリをしていたのよ」

二杯目のビールを受け取った古奈美の動きが止まった。

「……やけにタイミングよく酔いつぶれると思ってた」

「合コンで酔っぱらったら危ないわよ」

小抜は空になったグラスを返しながら、次の飲み物を頼む。

「待って、そもそもあれって合コンだったの？　私、ジャージとかで行ってたけど」

その言葉に、今度は小抜が動きを止める。

「古奈美って本気で『ああ』だったの？　てっきり、マニア受けを狙った行動だと思ってたわ」

「そんなマニアいるなら紹介――いや、やっぱいい」

「賢明ね。初心者にはお勧めできないわ」

店員がマスに入った日本酒のグラスを運んでくる。小抜はそれを受け取ると、中身があふれそうなグラスのふちに唇を付ける。四海王の純米吟醸。小抜のお気に入りの逸品だ。

幸せそうに目を細める小抜の横顔。そりゃモテるよなと思いつつ、古奈美は話題を変える。

「話は変わるけどさ、文芸部の子たちはどうよ。上手くやってる？」

「ええ。部活の顧問は初めてだからとても新鮮だわ」

小抜は何かを思い出すように、グラスの透明な液体を眺める。

「特に温水《ぬくみず》君は不思議な子ね。仕事柄、保健室が必要な生徒のことは少しは分かるつもりだけど。ちがう意味で支えが必要な子のことは、なかなか分からないのよ」

「まさか温水のやつ、なにか悩みでもあるのか？」

「どちらかと言えば逆ね。温水君の周りはわりと問題児ぞろいよ。彼の存在が、その子たちにとって意外と大きいんじゃないかなって」

「へえ、あいつがねぇ……」

甘夏《あまなつ》は顔には出さずに驚きながら、大根の味噌おでんをつつく。

「だから私、温水君には養護教諭としてちょっと興味があるかなー」

何かを企んでいるような小抜《こぬき》の表情に、古奈美《こなみ》はジト目を向ける。

「小抜ちゃん、あいつに手を出すなよ……？」

「古奈美、私も聖職者よ。教師になるとき心に誓ったの。生徒には手を出さない――と」

小抜はドヤ顔でグラスを掲げる。

「……決め顔で言ってるけど、当たり前のことだからな？」

「そうなの？　具体的に反論しても大丈夫？」

「大丈夫くない。ほら、今日は飲むぞ」

二杯目のグラスを空にした甘夏はお代わりを頼む。

次のビールが出てきた直後、二人の間に小さな焼き台が置かれる。

この店では自分でちくわを焼いて食べることができるのだ。

「あら、古奈美は青じそ入りなの？　渋い趣味ね」

小抜はそう言いながら、焼き台の上でちくわの棒をコロコロと転がす。

「豊橋《とよはし》といえば青じそだろ。小抜ちゃんはノーマルじゃん」

「一周回って、素朴な味が恋しい時期なの」

ちくわの表面が少しずつ膨らみだす。楊枝《ようじ》でそれを潰しながら、まんべんなく焼いていく。

「……女同士でちくわ焼くのも楽しいけどさ、そろそろ私にもなんかないかな」

唐突にもれる本音に、小抜は優しい笑みを浮かべる。

「古奈美は真面目すぎるのよ。まずは相手の懐に飛び込まないと何も分からないわ」

「それで小抜ちゃん散々やらかしただろ。成人式の事件、生きてただけで儲けもんだからな」

「それも覚悟の上よ。古奈美、女として生まれたからには」

小抜はこんがりと焼きあがったちくわを持ち上げる。

「――刺すよりも刺される側になりなさい」

「お前、反省してないだろ」

友人の言葉に、小抜は口ではなく笑顔でこたえた。

女たちの夜はまだ始まったばかりだ――。

負けヒロインが多すぎる！
@comic
漫画はいたち先生が担当！
（『僕は友達が少ない』など）
好評連載中!!

1
負けヒロインが多すぎる!
@COMIC
漫画 いたち
原作 雨森たきび
キャラクター原案 いみぎむる
コミックス
第1~2巻
発売中!!!
「負けヒロインが多すぎる! @comic」
漫画：いたち
原作：雨森たきび
キャラクター原案：いみぎむる
マンガワンにて

AGAGAGAGAGAGAGAGAGA

変人のサラダボウル

著／平坂《ひらさか》 読《よみ》

イラスト／カントク
定価682円（税込）

探偵、鏑矢惣助が出逢ったのは、異世界の皇女サラだった。

前向きにたくましく生きる異世界人の姿は、この地に住む変人達にも影響を与えていき――。

『妹さえいればいい。』のコンビが放つ、天下無双の群像喜劇！

GAGAGAGAGAGAGAGAGAGAGA

塩対応の佐藤さんが俺にだけ甘い

著／猿渡《さわたり》かざみ

イラスト／A《あ》ちき

定価：本体 611 円＋税

「初恋の人が塩対応だけど、意外と隙だらけだって俺だけが知ってる」

「初恋の人が甘くて優しいだけじゃないって私だけが知ってる」

「「内緒だけど、そんな彼（彼女）が好き」」両片想い男女の甘々青春ラブコメ！

ガガガ文庫11月刊

お兄様は、怪物《なぞ》を愛せる探偵ですか?3 ～沈む混沌と目覚める新月～

著／ツカサ

イラスト／千種《ちぐさ》みのり

混河家当主が、兄弟姉妹たちの誰かに殺された。当主の遺体には葉介が追い続けてきた“災厄”の被害者たちと同じ特徴があり――。ワケあり【兄×妹】バディが挑む新感覚ミステリ、堂々の完結巻！

ISBN978-4-09-453216-6（ガつ2-28）　定価814円（税込）

シスターと触手2 邪眼の聖女と不適切な魔女

著／川岸殴魚《かわぎしおうぎょ》

イラスト／七原冬雪《ななはらふゆき》

シスター・ソフィアの次なる邪教布教の秘策は、第三王女カリーナの勧誘作戦！　しかし、またしてもシオンの触手が大暴走。任務に同行していた王女をうっかり剝いてしまって、邪教は過去最大の存亡の危機に!?

ISBN978-4-09-453217-3（ガか5-36）　定価814円（税込）

純情ギャルと不器用マッチョの恋は焦れったい2

著／秀章《ひであき》

イラスト／しんいし智歩《ちほ》

ダイエット計画を完遂し、心の距離が近づいた須田と犬浦。だが、油断した彼女はリバウンドしてしまう。嘆く犬浦は、再び須田とダイエットを開始。一方で、文化祭、そしてクリスマスが迫っていた……。

ISBN978-4-09-453219-7（ガひ3-9）　定価792円（税込）

ドスケベ催眠術師の子3

著／桂嶋《けいしま》エイダ

イラスト／浜弓場《はまゆみば》 双《そう》

「初めまして、佐治沙慈のおにーさん。私はセオリ。片桐瀬織」夏休み。突如サジの前に現れたのは、片桐真友の妹。そして――「職業は、透明人間をしています」。誰にも認識されない少女との、淡い一夏が幕を開ける。

ISBN978-4-09-453214-2（ガけ1-3）　定価858円（税込）

魔王都市3 -不滅なる者たちと崩落の宴-

著／ロケット商会《しょうかい》

イラスト／Ryota-H《リョータ エイチ》

偽造聖剣密造の容疑で地下監獄に投獄されてしまったキード。一方、地上では僭主七王の一柱・ロフノースが死者の軍勢を率いて全面戦争を開始する。事態を収拾するため、アルサリサはキードの脱獄計画に乗り出すが!?

ISBN978-4-09-453220-3（ガろ2-3）　定価891円（税込）

GAGAGA
ガガガ文庫

負けヒロインが多すぎる！3

雨森たきび

発行　2022年 4 月24日　初版第1刷発行
2024年11月30日　第7刷発行

発行人　鳥光 裕

編集人　星野博規

編集　岩浅健太郎

発行所　株式会社小学館
〒101-8001 東京都千代田区一ツ橋2-3-1
[編集]03-3230-9343　[販売]03-5281-3556

カバー印刷　株式会社美松堂

印刷・製本　TOPPANクロレ株式会社

Printed in Japan　ISBN978-4-09-453064-3

第20回小学館ライトノベル大賞 応募要項!!!!!!!!!!!!!!!!!!!!!!!!!!!

ゲスト審査員は裕夢先生!!!!!!!!!!!!!!

大賞：200万円＆デビュー確約
ガガガ賞：100万円＆デビュー確約
優秀賞：50万円＆デビュー確約
審査員特別賞：50万円＆デビュー確約

第一次審査通過者全員に、評価シート＆寸評をお送りします

内容 ビジュアルが付くことを意識した、エンターテインメント小説であること。ファンタジー、ミステリー、恋愛、ＳＦなどジャンルは不問。商業的に未発表作品であること。
（同人誌や営利目的でない個人のWEB上での作品掲載は可。その場合は同人誌名またはサイト名を明記のこと）

選考 ガガガ文庫編集部＋ゲスト審査員裕夢

資格 プロ・アマ・年齢不問

原稿枚数 ワープロ原稿の規定書式【１枚に42字×34行、縦書き】で、70～150枚。

締め切り 2025年9月末日 ※日付変更までにアップロード完了。

発表 2026年3月刊『ガ報』、及びガガガ文庫公式WEBサイト GAGAGA WIREにて

応募方法 ガガガ文庫公式WEBサイト GAGAGA WIREの小学館ライトノベル大賞ページから専用の作品投稿フォームにアクセス、必要情報を入力の上、ご応募ください。
※データ形式は、テキスト（txt）、ワード（doc、docx）のみとなります。
※同一回の応募において、改稿版を含め同じ作品は一度しか投稿できません。よく推敲の上、アップロードください。
※締切り直前はサーバーが混み合う可能性があります。余裕をもった投稿をお願いします。

注意 ○応募作品は返却致しません。○選考に関するお問い合わせには応じられません。○二重投稿作品はいっさい受け付けません。○受賞作品の出版権及び映像化、コミック化、ゲーム化などの二次使用権はすべて小学館に帰属します。別途、規定の印税をお支払いいたします。○応募された方の個人情報は、本大賞以外の目的に利用することはありません。